W0213022

FOLIO JUNIOR

© Éditions Gallimard jeunesse, 1993
© Éditions Gallimard Jeunesse, 2002, pour la présente édition

Hubert Mingarelli

La lumière volée

FOLIO JUNIOR/GALLIMARD JEUNESSE

Chapitre premier

Elie était allongé contre la tombe de Josef Cytrin. Il avait trop mangé au restaurant Szulc et ne parvenait pas à dormir ; comme le lit d'herbe et de fleurs sèches qu'il avait étendu sous la couverture s'affaissait peu à peu, il avait mal à la hanche.

Il se souleva sur un coude et cala sa joue dans une main.

Il regarda la lune aux trois quarts ronde.

Il lui venait, lointains, les échos d'une poursuite dans le nord du cimetière. C'était l'un des passages du trafic entre le ghetto et le reste de Varsovie.

Il s'en était inquiété au début de son installation à côté de la tombe de Josef Cytrin. Il avait songé un moment à s'en aller, à chercher un endroit plus sûr.

Puis à la longue, les nuits passant, son inquiétude était tombée parce que les Bleus et les gendarmes allemands ne poursuivaient jamais les *szmuglers*[1] jusque-là. Il s'irrita de la mauvaise odeur de la couverture et envisagea l'achat de deux autres. Il savait qu'on en vendait au coin des rues Lezno et Solna. Il étendrait celle-ci à même le sol, sous l'herbe et les fleurs sèches.

Il regarda encore la lune. Elle se trouvait dans le creux d'une vallée formée par la pointe aiguë de deux cyprès. Son halo descendait le long des pentes et touchait l'endroit où coule l'eau, d'habitude.

Il bascula légèrement la tête et plaça la lune au centre de la vallée. Puis, en baissant la tête, il lui fit toucher la surface de l'eau.

Des pas résonnèrent sur l'allée. Élie s'enfouit sous la couverture et ne bougea plus.

Il dit à Josef, tout bas :

– Mon Dieu, Josef, c'est fait.

Il attendit un moment. Puis il replia un bout de la couverture et dégagea une oreille. Il n'entendait plus les pas. Il releva lentement la tête. Des coups de feu éclatèrent au nord.

---

1. Jeunes trafiquants qui entraient et sortaient du ghetto au péril de leur vie, et qui, pour une grande part, l'approvisionnaient en nourriture.

Comme l'écho des détonations se perdait au-dessus du cimetière, une silhouette surgit d'un passage entre les buissons ; elle fouilla l'obscurité alentour puis se pencha en avant et bascula un sac sur le sol. Élie posa une main sur l'angle de la stèle et, de l'autre, agrippa un pli de la couverture. Il pensa : « C'est un szmugler. »

La nuque lui faisait mal à force de rester tendue. Avec d'infinies précautions il laissa sa tête reposer sur le lit d'herbe. « C'est un szmugler. » Cette constatation le rassura d'abord. Mais si les Bleus ou les gendarmes venaient à le trouver là, ils le trouveraient, lui aussi, malgré l'obscurité, puisqu'ils avaient des lampes.

Il ferma les yeux et pensa : « Je vais lui dire que je suis là. Je pourrai ensuite me lever et quitter la tombe de Josef pour une autre à l'abri des Allemands. »

Il chercha la phrase exacte qui devait dire sa présence et expliquer en même temps, pour ne pas effrayer le szmugler, que ce n'était pas un mort qui parlait.

Il réfléchit. Il trouva quelques phrases et les essaya pour lui-même, s'imaginant qu'il était à la place du szmugler.

Il hésita. Enfin il se souleva et dit :

– Je suis un vivant.

D'un bond l'autre s'était levé. Il avait saisi son sac et, voulant le jeter sur son épaule, il perdit l'équilibre et tomba sur le côté.

Élie s'effraya.

Il tendit une main en avant.

– Attends !

Le szmugler se redressa puis, abandonnant son sac, chercha le passage entre les buissons.

– Attends ! je voulais seulement dire que ce n'était pas un mort qui parlait. Tu peux rester là ! c'est un bon coin.

Le szmugler s'était calmé peu à peu. Il était revenu près de son sac et se tenait accroupi.

Élie dit :

– Je ne voulais pas te faire peur.

L'autre ne bougeait pas.

Élie s'adossa à la tombe.

– Oui, reste là, on ne peut pas nous voir depuis l'allée. On est tranquilles ici.

Le szmugler lança, hargneux :

– Ça va, boucle-la !

Élie tenta d'apercevoir ses traits. Il murmura :

– Je suis désolé.

– Boucle-la !

Élie n'insista pas. Il chercha un bout d'herbe et commença à le mâchonner.

Les rumeurs de poursuite s'estompèrent peu à peu.

Des éclats de voix résonnèrent de loin en loin, puis s'espacèrent, le nord du cimetière retrouva le calme.

Il s'écoula quelques minutes troublées seulement par une légère brise dans les cyprès. Le szmugler rompit le silence :

– Qu'est-ce que tu fous là ?

Élie répondit naïvement :

– Je commençais à m'endormir.

– Là ?

Élie haussa les épaules dans le noir.

– Oui.

– Tu es piqué ?

Élie hésitait à répondre.

– Tu es un dingo quoi ?

– Non, fit Élie en secouant la tête.

Le szmugler ricana.

Il déplaça son sac et s'y adossa.

Il sortit un objet de sa poche et commença une suite de gestes mystérieux. Élie chercha à les deviner. Dans l'obscurité, il distinguait à peine ses mains, mais pas l'objet qu'elles tenaient.

Soudain il y eut un léger craquement, et le visage du szmugler s'éclaira. Il alluma sa cigarette et jeta l'allumette dans les buissons.

Élie pensa : « Il va nous attirer les Allemands. »

Il demanda :

– Tu vas dormir là ?

– Qu'est-ce que ça peut te foutre ?

Élie tressaillit. Après un moment, il dit :

– Tu peux dormir là, bien sûr.

– J'aimerais que tu la fermes.

– D'accord, murmura Élie.

Il s'allongea et se tourna vers la tombe.

Il gratta la pierre pour passer le temps jusqu'au moment où la cigarette traversa l'air au-dessus de lui en tournoyant. Le szmugler demanda :

– Tu as de quoi manger ?

Se redressant, Élie répondit à regret :

– Non, je n'ai rien.

– Et à boire ?

– Non plus, mais un autre soir, si tu veux, je pourrai t'en ramener.

– Je ne serai plus là.

– Ah ! fit Élie, mais on ne sait pas. Ça ne me dérange pas de ramener quelque chose.

Le szmugler ne dit rien. Élie se risqua :

– Tu fais du trafic ?

– Oui.

Élie s'interrogea. Puis il dit :

– Alors tu as de quoi manger dans ton sac !

– C’est de la farine.

– C’est embêtant, fit Élie sans ironie.

Il se recoucha et chercha le moyen de trouver à manger à cette heure du soir. Il ne connaissait que le restaurant Szulc. Mais il redoutait de sortir du cimetière avec un szmugler à ses côtés. Il dit tout de même :

– Je connais un restaurant au coin de la rue Lezno et Nowolipki.

– Oublie ça !

Soulagé, Élie s’empressa d’ajouter :

– Ici tu peux dormir tranquille, on est à l’abri à cause des buissons. On ne peut pas nous voir depuis l’allée, il y a bien un passage mais il est étroit.

– D’accord, dors, le vivant !

Élie dit benoîtement :

– Je n’avais pas l’intention de te faire peur, mais c’est tout ce que j’ai trouvé à dire.

– Ouais, dors !

– Bonne nuit, dit Élie.

Puis avec détachement :

– Je m’appelle Élie.

– Moi je m’appelle Gad, mais ferme ça à la fin.

Élie ferma les yeux. Gad demanda :

– Tu n’es pas de Varsovie hein ?

– Non, je suis de Lublin, murmura Élie.

Gad siffla entre ses dents.

Chapitre deux

Élie se réveilla en sursaut.

Le cimetière baignait dans une brume opaque. Elle dissimulait les cimes des charmes et des cyprès.

Gad avait disparu. Élie se tourna vers la tombe, tira la couverture et s'en recouvrit entièrement. La lumière du matin parvenait malgré tout jusqu'à lui. Il mit une main devant ses yeux.

Un bourdonnement sourd succéda à la lumière pour l'empêcher de se rendormir.

Il rejeta la couverture et se leva.

Le bruit se précisa. Élie marcha jusqu'à l'allée.

Il s'y tint immobile et tendit l'oreille.

Il revint à la tombe et dit :

– Je vais rester là, Josef, je vais attendre, ce sont des camions allemands.

Il ajouta :

– L'autre est parti. Tu as entendu comme il a sifflé quand je lui ai dit que j'étais de Lublin ! Il doit savoir ce qui s'est passé là-bas. Tu vois, Josef, je ne t'ai pas dit un mot de trop.

Élie se pencha, saisit la couverture et s'en couvrit les épaules.

– Pas un mot, Josef.

Il marcha autour de la tombe.

– Il avait de la farine. Avec de l'eau nous aurions pu faire des galettes. Mais non, nous n'aurions pas pu les faire cuire. Il nous aurait fallu allumer un feu.

Élie stoppa sa ronde autour de la tombe.

Les camions ne s'en vont pas.

Il réajusta la couverture sur ses épaules.

– Je vais te dire ma décision, Josef : je n'irai plus que le soir au restaurant Szulc. Je commanderai deux repas. Un que je prendrai là-bas comme d'habitude, et l'autre que je me ferai emballer pour le manger ici, le lendemain à midi. De cette façon, je n'aurai plus à courir dans les rues en plein jour.

Il reprit sa marche, les yeux rivés au sol.

– Mais il y a ce problème de couverture. Comment

en trouver deux nouvelles si je ne quitte pas le cimetière de la journée ? Et il faut que j'en trouve parce que celle-ci sent mauvais et ne me suffit plus le matin : il fait trop froid.

Il fit plusieurs fois le tour de la tombe en silence.

La brume se dissipait lentement. Elle se déposait sur les tombes, le sol, les arbres, laissant une fine pellicule d'eau. Les charmes et les cyprès apparaissaient et leurs troncs brillaient.

Élie avala sa salive. Il dit :

– J'ai soif.

Il se dirigea vers l'allée.

Une palissade basse la bordait. Il se pencha et passa la paume sur la première planche. Il ramena un peu d'humidité qu'il lécha avec délice.

Il recommença plusieurs fois.

Après avoir bu toute la rosée de la première planche sur une dizaine de mètres, il revint sur ses pas et récolta l'eau sur la seconde. A la fin de la troisième, sa soif était toujours inassouvie mais elle le tenaillait moins.

Il traversa l'allée, enveloppa des deux mains le tronc d'un charme, et de ses paumes mouillées il se frotta le visage et le cou. Ensuite il arracha une feuille rouge et se mit à la manger.

De retour à la tombe il plia la couverture.

Puis il changea d'avis. Il la déplia et alla l'étendre sur la palissade. Ensuite il ôta sa veste et l'épousseta.

– Je vais avoir faim tout à l'heure.

Il renfila sa veste.

– Pourquoi ? Tu ne m'écoutes pas, Josef. Je t'ai dit que je n'irai plus que le soir au restaurant. Et je commence aujourd'hui.

Il réfléchit un instant :

– Il faudra que je me procure une bouteille pour rapporter de l'eau.

Une rafale de vent chassa ce qui restait de brume.

Le soleil se leva de l'autre côté de la Vistule. Élie le contempla, immobile.

Il tira sa casquette de la veste et s'en couvrit.

Il regarda le ciel encore quelques instants. Après quoi il s'allongea à même le lit d'herbe.

Son regard se posa sur la cime des cyprès. Elle ployait légèrement en désignant le nord. Tout autour, l'air était limpide.

Lorsque les cimes se redressaient, lorsqu'elles cessaient de montrer le nord, Élie soufflait dans leur direction ; il arriva une fois qu'elles ploient à son ordre.

Il somnola une heure environ.

En rouvrant les yeux, il décida que le tapis d'herbe était trop mince.

Il se leva et se mit en quête.

Son terrain de recherche était limité. Il ne voulait pas franchir les frontières naturelles faites de charmes, de cyprès et de hauts buissons qui le gardaient hors de vue des allées du cimetière. La tombe de Josef Cytrin se trouvait au centre de ce territoire protégé. Il existait cependant un étroit passage entre les buissons, donnant sur l'allée, et par lequel le szmugler était passé cette nuit.

Lorsque sa moisson d'herbe lui parut suffisante, il l'étala en prenant soin d'en mettre davantage à l'endroit des hanches.

Il emprunta le passage entre les buissons pour rapporter la couverture. Il la déplia, l'étendit sur les herbes et s'allongea.

Il somnola une autre heure.

Des coups de feu le réveillèrent.

Il ramena ses jambes contre lui et les enserra avec ses bras.

Il y eut de nouvelles détonations.

Des oiseaux passèrent entre la pointe des arbres.

Il se leva et marcha autour de la tombe en parlant doucement à Josef. Il était question d'événements sans importance survenus à Lublin avant la guerre, de petites choses qu'il avait vues dans sa maison et dans les rues.

Il s'interrompit pour entendre les bruits du

ghetto ; ils étaient peu nombreux, atténués par la profondeur du cimetière.

Puis il continua à parler à Josef, lui décrivant le trajet à travers Lublin depuis sa maison jusqu'à la grande bibliothèque où il attendait son père dans le hall, et où il feignait, pour s'amuser, de ne pas le voir lorsqu'il sortait.

Vers une heure la faim s'empara de lui.

Il arracha quelques pissenlits aux larges feuilles. Il saliva et grimaça à leur goût amer. Puis il reprit sa marche autour de la tombe.

Dans le milieu de l'après-midi, fatigué et lassé de tourner en rond, il se coucha et fit le compte de ses poèmes. Étant donné leur nombre croissant, il attribua un numéro à chacun.

Une heure s'écoula à apprendre par cœur chaque titre et le numéro correspondant. Après quoi il se questionna. Comme il répondait bien, il trouva que l'idée était bonne. Soudain il pensa que s'il n'entendait pas les camions ressortir du ghetto, il n'oserait pas aller manger.

Il se mit à guetter le bourdonnement des moteurs.

L'attente se prolongea jusqu'au soir.

Dans l'intervalle il pensa moins aux tiraillements de son ventre, attentif au seul départ des camions.

Un moment il crut les entendre. Mais les bruits de

moteur venaient de sa gauche, de l'autre côté des murs.

La nuit vint ; avec elle des odeurs mélangées et un profond silence.

Il attendait, assis sur la stèle, les mains jointes coincées entre ses genoux. Il dit :

– Je n'aurai bientôt plus le temps d'aller, de manger et de revenir avant le couvre-feu. J'aurai faim toute la nuit et demain. Et j'aurai soif, Josef. C'est d'abord la soif que je crains. Comme j'ai fait ce matin en buvant la rosée, ce n'est pas suffisant. Le cimetière est pourtant...

Une légère brise donna dans les feuillages et il s'interrompit.

– ... Le cimetière est pourtant plein d'eau. Il y en a sur chaque feuille, sur les planches des palissades, sur les tombes. Tout est brillant d'eau, le matin. Mais je n'ai pas le temps de la boire, la rosée s'évapore trop vite. Et puis l'eau prend le goût de ce qu'elle touche. Mais dans le fond, je m'en moquerais si seulement je pouvais avoir le temps d'en boire suffisamment.

Il releva la tête tout à coup. Un court frisson parcourut ses épaules. Il s'écria :

– Ils s'en vont, Josef ! Je les entends !

Il se leva, vérifia la doublure de sa veste et la boutonna jusqu'au col.

- J'y vais, Josef.

Il avait ouvert un sac en papier.

– Je mets tout sur toi.

Il disposa la nourriture et la bouteille d'eau sur la tombe, et dit avec entrain :

– C'est mon repas pour demain. J'ai mangé la même chose ce soir. Clara m'a bien servi. Comme elle ne m'a pas vu de la journée, je crois qu'elle a compris que j'avais sauté un repas. Je lui ai demandé au sujet des camions. Ils ne venaient pas chercher des gens qu'on avait arrêtés, ils venaient charger des pièces à l'usine Többens.

Il secoua la tête.

– J'ai failli ne pas manger de la journée à cause des pièces de l'usine Többens !

Il se dit à lui-même qu'il ferait mieux de tout laisser dans le sac. Il y remit la nourriture mais garda la bouteille d'eau à portée de main.

Il continua à parler à Josef :

– Les rues étaient tranquilles et je n'ai pas eu peur. J'ai donné cinquante zlotys à un vieux, rue Gliniana. Il m'a poursuivi jusque chez Szulc en me disant que c'était trop. Mais je n'avais pas moins et j'étais ennuyé. Clara était fatiguée ; elle traînait des pieds en servant. Deux policiers juifs sont venus et l'un d'eux lui a parlé. Il m'a semblé qu'après, elle allait mieux.

Élie haussa les épaules.

– Ça m'étonnerait tout de même qu'elle marche avec eux.

Il fourra sa casquette dans une poche et s'étendit.

– Elle croit toujours que j'habite rue Stawski. Elle m'a dit qu'elle y était passée aujourd'hui et qu'elle avait bien regardé en pensant m'y voir. Je lui ai répondu qu'à présent je préférais rester dans ma chambre pendant la journée.

Le vent brisa l'immobilité des cyprès. Leurs pointes fléchirent dans l'obscurité. Elles masquèrent des étoiles et en découvrirent d'autres.

Au lointain, deux convois de marchandises unirent leur rumeur métallique en se croisant.

Une musaraigne trotta sans bruit sur le gravier de l'allée. Elle s'arrêta sous la palissade, hésita devant ce nouveau territoire, puis s'engagea sous le couvert des buissons. Derrière elle une ombre emprunta le même chemin et se glissa dans le passage.

La musaraigne tourna sur elle-même.

Elle huma l'air et, affolée, quitta les buissons et traversa l'allée dans l'autre sens, en direction des charmes.

Élie s'était soulevé sur un coude.

Sans réfléchir et d'une voix faible il demanda s'il y avait quelqu'un.

D'abord il entendit un froissement sur le sol, puis :

– C'est moi, de la nuit dernière.

– Gad ?

Élie se redressa.

– Je t'ai entendu marcher sur les feuilles.

Gad défit les sangles de son sac.

Élie s'accouda à la tombe. Il remonta la couverture et la maintint entre le menton et la poitrine.

D'une main il chercha la bouteille.

Il but une gorgée et dit :

– J'ai de l'eau.

Gad se coucha.

– Je n'ai pas soif.

– Bon, je pose la bouteille à côté de moi. Alors si dans un moment tu as soif…

Une détonation couvrit la fin de sa phrase. Il se replia sur lui-même. Gad se redressa. Il se tint immobile un instant, puis finit par se recoucher en faisant entendre un petit rire sans joie. Il dit à mi-voix :

– Les enfants de salauds !

Élie reprit le bout de la couverture qu'il avait lâché. Il épia les gestes de Gad. Mais celui-ci demeurait comme il était, allongé sur le côté, adossé à son sac. Il avait gardé sa casquette ; elle était claire et c'est vers elle qu'Élie regardait. Il l'appela doucement :

– Gad !

– Qu'est-ce que tu veux ?

– Tu vas rester cette nuit ?

– Oui.

– C'est un bon coin.

Gad roula sur le dos et la casquette disparut en partie.

– Je sais, dit-il.

Élie montra la bouteille en pensant que peut-être Gad avait les yeux ouverts.

– Tu n'oublies pas que j'ai de l'eau.

– Non.

Il tenta autre chose.

– J'ai à manger aussi.

– Qu'est-ce que c'est ?

Un début d'intérêt avait percé dans la voix de Gad.

Élie s'empressa de dire.

– De la *kacha*[1] et des harengs.

Suivit un silence. Puis Gad demanda :

– De la kacha, tu dis ?

– Oui, dit Élie, avec des harengs.

---

1. Plat moulé consistant, à base de semoule d'orge.

Gad se leva. Élie rejeta la couverture et se dressa en face de lui. Il montra le sac sur la tombe :

– C'est frais, dit-il, la kacha et les harengs, ils sont de ce soir.

Gad prit le sac et retourna s'asseoir.

Élie dansa un moment sur ses jambes, puis du pied il reforma le lit d'herbe qui s'était défait.

Après quoi il s'assit et attendit que Gad commence à manger. Il demanda :

– C'est bon ?

– Oui.

– Ça vient de chez Szulc, au coin de la rue Lezno et Nowolipki.

– Je connais, fit Gad distraitement.

Et, s'arrêtant de manger, il montra de la main ce qu'il fallait d'argent pour rentrer chez Szulc. Élie l'admit d'un signe de tête. Il s'allongea et dit avec regret :

– C'est dommage qu'on ne puisse pas faire de feu. On aurait une bouilloire qu'on mettrait sur deux pierres. On ferait du café.

– Et une nappe rayée qu'on mettrait sur la tombe, enchaîna Gad, des assiettes et tout le tremblement.

– Peut-être bien que ce serait possible, approuva Élie sans réfléchir, je pourrais m'en procurer et on…

Il s'interrompit soudain et demanda :

– Tu penses réellement que ce serait bien, la nappe et les assiettes ? Tu parlais sérieusement ?

– Évidemment, dit Gad doucement, ce n'est pas naturel de manger dans des assiettes ?

Élie acquiesça :

– Si, Gad.

– Et de mettre une nappe en couleurs sous les assiettes parce que c'est agréable de poser ses poignets sur du tissu. Et qu'est-ce que ça peut bien foutre si pendant ce temps on est entre des murs et qu'on cherche à nous faire crever ? Et qu'ils nous tirent dessus depuis leurs autos parce qu'on a pas eu le temps de retirer sa casquette ? Hein, qu'est-ce que ça peut bien foutre ?

Élie hésita.

– Je ne sais pas...

Gad dit avec calme :

– Pauvre type.

Il se tut un moment et ajouta, méprisant :

– Que tu aies pu penser une minute que je parlais sérieusement !

– Mais Gad...

– Tais-toi ! quand j'ai parlé de la nappe, tu aurais dû me dire de foutre le camp. Mais ça ne t'a pas effleuré hein ?

– Mais...

– Ferme-ça ! Je connais un tas de types comme toi qui veulent garder leurs habitudes pendant qu'on descend des gars en dessous de chez eux. Et quand ce sera leur tour, ils seront seulement fâchés de ne pas mourir proprement dans leur lit.

Élie tremblait. Il dit, misérable :

– Mais Gad ! c'est toi qui m'en as parlé en premier de la nappe et des assiettes !

Gad lança brutalement :

– Fallait te foutre en rogne.

Élie baissa les yeux...

– Je ne savais pas, Gad, moi je te parlais d'une bouilloire qu'on aurait posée sur deux pierres si on avait pu faire du feu.

– On ne peut pas faire de feu, reprit Gad durement, on ne peut pas. Alors arrête avec ça ! Et c'est pas la question.

Il mit le sac en papier de côté et s'allongea.

– Une autre fois, continua-t-il moins durement, crie-moi de foutre le camp si je me mets à te parler de nappes en couleurs.

– Tu ne m'en parleras plus, objecta doucement Élie.

– Pourrait que je devienne dingo, fit Gad en se tournant sur le dos.

Élie demeura silencieux.

Il regarda dans la nuit tout ce qui avait une couleur malgré l'obscurité. Et puis les étoiles les plus proches de la cime des arbres. Il s'y attarda. Assez pour voir les moins brillantes : les étoiles que l'on n'aperçoit pas tout de suite.

Enfin il ne les regarda plus et s'enfonça sous la couverture. Les nouvelles herbes changeaient très peu son lit. Il plaça une main sous sa hanche.

Sa paume devint tiède.

– Il te reste de l'eau ?

Élie sursauta.

– J'ai une bouteille.

Gad se leva. Élie prit la bouteille et la lui tendit.

– C'est bon, fit Gad entre deux gorgées.

Élie approuva secrètement. Il demanda :

– Elle est fraîche ?

Gad s'essuya la bouche et posa la bouteille sur la tombe.

– Oui, bien fraîche.

– Comme de la rosée, dit Élie. J'en ai bu ce matin…

Gad retourna près de son sac.

– Alors dors, dit-il en exagérant le ton bienveillant de sa voix, dors maintenant si tu veux te lever avant qu'elle ne se soit évaporée.

Élie dit, admiratif :

– C’est vrai ! tu as raison, Gad, j’ai eu ce problème ce matin.

– Alors dors !

– Oui, mais j’ai la bouteille à présent, répliqua Élie à voix basse.

Il glissa de nouveau une main sous sa hanche.

– Gad !

– Quoi encore !

– Tu sors du ghetto toutes les nuits ?

– Presque.

– Tu as peur ?

– Ça dépend des nuits.

– Je comprends, dit Élie, tous les coups de feu que j’entends ici ne me font pas peur chaque fois, c’est comme toi, ça dépend.

– On est pareils, dit Gad en souriant à part lui.

Élie le concéda naïvement :

– Peut-être, dit-il, mais c’est plus dangereux de passer le mur avec des sacs que d’être ici.

Gad lança, ironique :

– Et les balles perdues ? Tu n’y penses pas ?

– C’est vrai qu’il y a les balles perdues, dit Élie, mais je continue de penser que c’est moins dangereux de rester ici que de passer de l’autre côté.

Gad eut un bref ricanement.

– Clara qui me sert chez Szulc, poursuivit Élie, dit

que c'est juste que les szmuglers gagnent de l'argent, parce qu'ils prennent des risques, et parce que…

Gad siffla brièvement.

– Écoute, elle est gentille Clara, et toi aussi, mais ferme-la maintenant !

Dans la nuit, Élie se cogna contre la tombe et se réveilla. Il passa une main sur son front, but une gorgée d'eau et se rendormit.

Chapitre trois

Des oiseaux volaient maladroitement dans l'entrelacs des buissons. Ils heurtaient leurs ailes aux branches et criaient ; ils cherchaient à s'en sortir et s'engouffraient en même temps dans les trouées de lumière ; ils se gênaient les uns les autres.

Élie aperçut le sac en papier posé sur la tombe.

Il le plia soigneusement et le glissa sous le lit d'herbe.

– Écoute, Josef ! je crois que c'est lui qui est dérangé. Il a mangé mon repas sans même un merci. Évidemment c'est moi qui lui ai proposé. Mais tout de même, un merci ! Quoique c'est une chose à laquelle je pense seulement maintenant, ça ne m'est pas venu à l'esprit hier. Mais ce n'est pas tout. Il m'a dit de la fermer quand je lui ai parlé des szmuglers. Ce que j'en disais c'était pourtant des compliments : des renseignements que je tiens de Clara.

Il chercha la bouteille. Comme il ne restait qu'un fond d'eau il la reposa, préférant attendre une plus grande soif.

Ce faisant, il souleva la couverture, et lorsqu'elle retomba il grimaça.

– Je sens mauvais, Josef.

Il serra la couverture autour de son cou pour retenir l'odeur et chercha le moyen de s'en débarrasser.

Il s'ingénia à le trouver jusqu'au moment où, ayant tourné le problème dans tous les sens, il dit :

– Je ne sais pas comment faire, Josef. Même s'il y a des bains, je n'irai pas. Clara m'a affirmé qu'ils arrêtaient n'importe qui dans les rues, au hasard. Je la crois. Elle m'a dit : Tu as raison de manger chez toi à midi, et restes-y autant que tu le peux.

Il tourna sur le dos et se sourit à lui-même.

– Clara aime bien parler avec moi. Elle vient s'asseoir à ma table lorsqu'elle n'a personne à servir. Oh ! c'est récent, ça ne date que de quelques jours. Mais je m'y suis habitué et je suis pressé qu'elle revienne quand elle se lève.

Il se tut un moment avant d'ajouter, songeur :

– Est-ce qu'en s'asseyant en face de moi, à présent, elle va sentir mon odeur ?

Il se souleva sur un coude.

– Si elle la sent, elle viendra moins.

Une rafale de vent secoua les charmes, et les feuilles s'allumèrent selon la face qu'elles montraient au soleil.

– La rosée ! s'écria Élie, j'ai trouvé, Josef !

Il se leva et déboutonna sa veste, ne laissant que les deux boutons du bas. Ensuite, il enfila sa casquette et se dirigea vers le passage entre les buissons. Là, il se pencha et jeta un coup d'œil de chaque côté de l'allée. Puis il la traversa et s'arrêta au pied du charme le plus proche.

Il commença à dénuder les branches basses.

A mesure, il remplissait le sac que formait sa veste. Sous le poids, les feuilles commencèrent à tomber. Alors il enfila sa veste dans le pantalon. Bientôt elle fut pleine et il retourna poser son chargement sur la couverture.

Il fit plusieurs voyages et, lorsque la couverture se trouva entièrement recouverte, il se déshabilla.

Avant de retirer son pantalon, il alla jeter un dernier coup d'œil sur l'allée.

Il revint, l'ôta et s'allongea dans les feuilles.

Elles étaient fraîches et encore humides. Il en

prit une poignée dans chaque main et se frotta le corps.

Il entreprit ensuite une nage désordonnée.

Il éclaboussait de feuilles autour de lui et disait à Josef, haletant :

– Je traverse la Vistule, Josef. Elle est large. Mais ce n'est rien, il n'y a pas de courant ; c'est ce qui me faisait peur au début, je pensais en rencontrer davantage.

Des voix s'élevèrent de l'allée comme il posait un pied sur la berge.

Il s'aplatit dans les feuilles et ne bougea plus.

Des rires succédèrent aux voix et le silence retomba.

Il avança lentement la main vers son pantalon.

Ne parvenant pas à l'atteindre, il prit appui du pied contre une extrémité de la tombe et se poussa en avant.

Au même moment des pas résonnèrent sur le gravier.

Il ramena sa main et enfouit son visage dans les feuilles de charme.

Il compta trois ou quatre hommes qui marchaient sur l'allée.

Leur ombre obscurcit un instant le passage entre les buissons. Élie bloqua sa respiration. On lança un ordre et les hommes s'arrêtèrent quelques mètres après le passage.

Il s'ensuivit un rapide conciliabule pendant lequel Élie laissa s'échapper l'air de ses poumons. Une voix se détacha des autres et modula calmement des questions en allemand auxquelles personne ne répondit.

La voix prit ensuite un ton affable et les questions reprirent, accompagnées cette fois de quelques mots en polonais. Mais sans plus de succès.

Puis l'un des hommes s'esclaffa et parla à son tour.

Il s'agissait sans doute d'une plaisanterie car on lui répondit par des rires.

Mais la première voix imposa le silence et entreprit une longue tirade aux accents autoritaires, qui s'acheva cependant sur un ton mélancolique.

Après un court instant, Élie entendit prononcer en yiddish un « non » hésitant, et une détonation assourdissante recouvrit le cimetière.

Il se recroquevilla, indifférent au bruit des feuilles qui se froissèrent.

L'écho du coup de feu se perdit dans les arbres. Les pas s'éloignèrent sur l'allée et le cimetière redevint silencieux.

Élie leva la tête.

Il s'arc-bouta brusquement et plongea en avant vers ses vêtements. Il s'en saisit et se laissa tomber de l'autre côté de la tombe.

Il se rhabilla en hâte en emprisonnant des feuilles de charme restées collées sur sa peau.

Il boutonna sa veste et se tint immobile, accroupi à l'ombre de la stèle.

Il laissa passer quelques minutes et parla à Josef :

– Ils ont tué quelqu'un derrière les buissons. Mon Dieu, juste là, Josef, sur l'allée.

Il se mit à trembler.

– Ils l'ont tué, gémit-il. Je l'ai entendu dire « non » avant qu'ils le fassent.

Il s'agenouilla et, ne voulant plus parler à Josef, il s'étendit sur le côté.

L'ombre de la stèle recula peu à peu. Lorsqu'il se réveilla, il baignait dans le soleil.

Sur sa droite des oiseaux donnaient des coups de bec sur le sol.

Il leva une main, les oiseaux s'envolèrent dans plusieurs directions puis se retrouvèrent à la pointe d'un cyprès.

Enfin ils obliquèrent et fondirent sur l'allée.

Élie se redressa.

– Ils vont piquer le mort !

Il se passa une main sur le front et se reprit :

– Non, c'est stupide. Est-ce que… je ne sais pas, Josef, si on meurt à coup sûr d'une balle tirée de près.

Il plongea la main sous sa chemise entre le col et la nuque, et sortit une feuille de charme. Il la coinça entre ses deux paumes et les frotta l'une contre l'autre.

– Je pense qu'on meurt chaque fois, mais si celui de l'allée n'est pas mort ?

La feuille de charme s'était enroulée sur elle-même entre ses mains. Il la prit du bout des doigts, la considéra un instant et la laissa tomber.

– Je devrais aller voir, Josef !

Il s'accroupit et reprit la feuille enroulée comme une cigarette. Il la déplia et l'enroula de nouveau. Puis il la froissa et la jeta.

– De si près, il est mort tout de suite, mais s'il est seulement en train de mourir et s'il me voit, il va essayer de me parler. Je ne saurai pas quoi lui dire.

Il regarda les buissons derrière lesquels les hommes s'étaient arrêtés. Il ferma la bouche et retint sa respiration. Quand l'air lui manqua il rouvrit la bouche et dit :

– Je ne l'ai pas entendu respirer.

Il se leva et avança lentement jusqu'au pied des buissons. Il épia les bruits.

Son front touchait les feuilles. Il fit brusquement un pas en arrière et scruta le ciel puis, sans le quitter des yeux, il recula jusqu'à la tombe.

– Il y a un nid en construction dans les buissons, murmura-t-il.

Il plia sur ses genoux et continua de fouiller le ciel.

– Les oiseaux vont peut-être l'abandonner si je bouge trop ou si je laisse mon odeur sur les feuilles.

Il s'allongea sur le lit d'herbe avec des gestes calculés. Couché sur le dos, il ne bougea plus et garda les yeux ouverts.

Il se réveilla vers midi.

Il pensa au nid et aux oiseaux. Il s'assit et but ce qui lui restait d'eau. Elle était tiède.

Un oiseau gris sortit des buissons. Il regarda autour de lui en se tordant le cou et s'envola.

Élie reposa la bouteille et dit :

– Je n'irai voir le nid qu'une fois par jour à cause de mon odeur. Et moins lorsqu'il y aura les œufs.

Il se pencha en arrière et déboutonna son pantalon. Il trouva une feuille de charme qu'il glissa sous la couverture.

– L'autre est mort, maintenant, dit-il doucement.

Il posa une épaule contre la stèle et récita la liste de ses poèmes : chaque titre et son numéro correspondant. Comme il avait hésité sur certains titres, il refit le compte une seconde fois. Cependant il s'interrompit avant la fin ; il se remit droit et dit :

– Il ne peut pas rester dans l'allée ! il va… je devrais partir.

Il secoua la tête.

– Non, je sais. Je ramènerai deux repas ce soir. Un pour moi demain et l'autre que je donnerai à Gad. Ensuite je lui demanderai d'emmener le mort au bout de l'allée.

Il baissa les yeux.

– Non, Josef. J'aurais quand même ramené un repas à Gad s'il n'y avait pas eu le mort. J'y aurais pensé, je l'aurais fait, Josef !

Tandis qu'il finissait sa phrase, l'oiseau gris revint et se posa au sommet du buisson. Il avait une brindille blanche dans le bec. Il inspecta alentour en se tordant le cou comme tout à l'heure, puis d'un bond il entra dans le buisson.

Élie prit la bouteille et but un tout dernier filet d'eau. Après quoi il se souleva et chercha le sac en papier sous le lit d'herbe.

Il le déchira sur un côté ; Gad n'avait rien laissé.

Élie le replia pour le remettre à sa place.

Il suça ses doigts imprégnés de gras et les essuya à la couverture. Ensuite il se coucha sur le côté et choisit des nombres au hasard. Il répéta plusieurs fois les titres qui leur correspondaient et se récita les poèmes.

Enfin il roula sur le dos et guetta les voyages de l'oiseau.

Un vent tiède précéda le soir.

Il poussait devant lui les odeurs des rues.

Cependant elles étaient trop nombreuses pour qu'Élie les reconnût. Derrière les cyprès le ciel était bleu pâle, gris et orange à mesure qu'il tombait sur l'horizon.

Élie vérifia l'épaisseur sous la doublure de sa veste.

Il pencha la tête pour se sentir et dit en se relevant :

– Clara restera parler avec moi.

Il se leva et se fraya un nouveau passage entre les buissons, à l'opposé de celui qu'il empruntait d'habitude.

Un voile fin de nuages occupait le centre du ciel. Derrière lui les étoiles étaient sans éclat, mais on les voyait tout de même.

Élie avait les deux mains posées à plat sur la couverture et il tenait le sac des repas entre ses jambes. A peine bougeait-il que le papier crissait.

– Clara avait trop de travail pour venir me parler. Elle passait devant moi et une fois sur deux elle me faisait un signe. Soit c'était justement pour me dire qu'elle avait trop de travail ou alors, c'était un signe qui disait qu'elle était contente que je sois là, qu'elle était heureuse de me voir… enfin ce genre de choses. Quand elle a vu que j'avais fini de manger, elle m'a ramené une assiette de *kliskes*[1] en me faisant bien comprendre que ce serait le même prix. Elle doit penser que je n'ai pas beaucoup d'argent.

Élie écarta les jambes, et le sac tint en équilibre.

Il ajouta :

– Mais elle a pris le temps de me parler avant que je parte. Elle m'a dit de continuer à rester chez moi la journée. Parce que sous sa fenêtre elle a vu les Allemands tirer sur un homme qui n'avait rien fait. Elle pense qu'il est mort. Elle m'a dit qu'elle n'aimerait pas qu'il m'arrive quelque chose. Et moi, sans bien réfléchir, je lui ai répondu que je n'aimerais pas non plus qu'il m'arrive quelque chose. J'avais fait une plaisanterie sans le vouloir. Elle a ri et je suis sorti. J'étais content de l'avoir fait rire.

Il défroissa le haut du sac, le replia soigneusement et le posa à la tête du lit. Puis il boutonna sa veste et s'allongea sous la couverture.

Il resta silencieux jusqu'au moment où il changea de position. Il se tourna vers la tombe et dit à Josef comment s'était passé le retour depuis chez Szulc jusqu'au cimetière. Une fois sur l'allée, il s'était souvenu du mort. Alors il avait rebroussé chemin et il

1. Grosses pâtes qui épaississent la soupe.

était passé par une autre allée afin de l'éviter. Puis il se tut.

Il glissa une main sous son pantalon pour se gratter et l'y laissa pour s'endormir.

Il se réveilla lorsque Gad sortit des buissons et s'approcha silencieusement.

Il attendit qu'il pose son sac.

– C'est toi, Gad ?

– Non, c'est Heydrich[1] !

Élie chercha une réponse à la plaisanterie de Gad, mais Gad parla avant lui :

– J'ai failli me flanquer par terre à cause du type sur l'allée.

Élie secoua lentement la tête.

– C'est ce matin, ils...

Il n'acheva pas. Gad dit :

– Bon sang ! dans le noir j'aurais pu m'arranger.

– Mais il est mort ! lança Élie nerveusement, et puis encore, en baissant la voix : il est mort, Gad !

– Je sais.

– Ils l'ont amené ce matin. Il a dit « non » juste avant qu'ils le tuent.

Gad dit avec sérieux :

---

1. Commissaire général de la Gestapo pour les territoires occupés. Exécuté par les patriotes tchèques en 1942.

– A sa place j'aurais couru.

– Peut-être qu'il ne savait pas qu'ils allaient le tuer.

– C'est ça, fit Gad avec détachement, c'est juste, il a pensé qu'on l'amenait là pour le faire marcher sur une main.

– Non, Gad, mais… commença Élie.

Puis il se tut. Gad posa sa casquette sur l'un des sacs et ils restèrent un moment silencieux. Élie ne quittait pas Gad des yeux. Il attendait qu'il parle le premier.

A la fin il demanda :

– Tu as faim ?

– Non.

Élie dit encore :

– J'ai de l'eau.

Gad ne répondit pas tout de suite ; il se redressa d'abord et regarda autour de lui :

– Je veux bien de l'eau.

Élie prit la bouteille dans le sac en papier où elle séparait les deux repas. Il se leva et alla s'accroupir en face de Gad.

Gad but une gorgée d'eau et rendit la bouteille. Ensuite il sortit une boîte en fer de sa poche ; il l'ouvrit et la posa sur ses genoux. Elle contenait du tabac noir et un paquet de feuilles. Gad se roula une cigarette, referma le couvercle et tendit la boîte à Élie. Élie refusa et Gad rangea la boîte dans sa poche.

D'une autre poche il tira un grattoir et une allumette et alluma sa cigarette. Élie demanda :

– Tu as déjà roulé une cigarette entre tes paumes ?

– Non, mais je veux voir, dit Gad en faisant le geste de reprendre sa boîte.

Élie avança la main pour l'arrêter :

– Je ne sais pas le faire.

Gad haussa les épaules. Il s'allongea et posa la tête sur un sac. Élie demanda :

– Tu pourrais trouver deux couvertures ?

Gad fit oui de la tête et tira sur sa cigarette. Son visage s'éclaira faiblement.

– Je peux les payer, s'empressa d'ajouter Élie.

Il se leva.

– Je vais pisser.

Il s'éloigna vers les buissons.

De sa main libre il fouilla dans la doublure de sa veste.

Il resta ensuite un moment immobile, puis retourna s'accroupir en face de Gad.

Il lui tendit cent zlotys en billets.

Gad compta les billets. Puis il observa Élie un instant et parut ensuite l'oublier.

Élie se balançait d'un côté puis de l'autre. Il cueillit

une herbe à ses pieds et la mâchonna. Il la jeta et fit mine de se lever. Se ravisant, il interrogea Gad :

– Et le mort ?

– Oui, quoi le mort ?

– Les Allemands vont revenir le chercher ?

– Non.

– Il va rester là ?

Gad se mit à rire et dit d'une voix affectée :

– Évidemment ! il n'y a que son âme qui va s'en aller. D'ailleurs, ça doit être fait déjà, elle a dû monter ce matin. Et si tu ne l'as pas vue c'est parce que les âmes sont invisibles, tu le sais bien.

Élie baissa les yeux.

– Non, je ne sais rien de tout ça.

Puis il avoua de nouveau.

– Je ne sais pas.

– C'est bon, j'ai compris, fit Gad amusé.

Et il le considéra un instant avant d'ajouter sans méchanceté :

– C'est comme la cigarette entre les paumes.

Élie releva la tête et se gratta sous le nez pour soutenir le regard de Gad.

– Moi, commença-t-il avec gravité, je voudrais que le mort ne reste pas là, mais... Il reprit une herbe à ses pieds... mais je ne sais pas comment m'y prendre.

Gad écrasa le bout incandescent de sa cigarette et la mit dans sa poche.

– C'est un vieux, dit-il, il ne doit pas être lourd.

– Tu veux dire qu'on peut le porter ! Tu as déjà porté un mort ?

Gad s'était redressé.

– Ça va, je vois où tu veux en venir. Et c'est non. Comme qui dirait, tu habites là, et c'est ton mort.

Élie tressaillit. Il marmonna :

– Il n'est pas plus à moi qu'à toi, Gad.

– D'accord, grogna Gad, alors s'il est à personne, tu n'as pas à t'en occuper.

Élie secoua la tête nerveusement.

– Mais il ne peut pas rester là, Gad !

– C'est toi qui vois, répondit Gad avec détachement.

Machinalement, Élie sortit sa casquette de sa poche et s'en coiffa.

– Et seulement m'aider, tu pourrais ?

– Tu veux l'amener où ?

– Au moins le changer d'allée.

– Tu me foutras la paix après ?

Élie remua la tête. Ils se levèrent et passèrent entre les buissons.

Sur l'allée, Gad dit :

– Il faut le retourner.

Il se pencha et roula le mort sur le dos en soufflant.

– Tu vois, c'est un vieux.

Élie se tenait immobile, le regard tourné vers le fond de l'allée. Gad passa les mains sous les aisselles du mort.

– Alors ?

Élie s'approcha et, se baissant, tira le bas du pantalon sur les chevilles et s'en saisit. Gad leva la tête vers lui.

– C'est bon ?

– C'est bon, dit Élie.

Ils se redressèrent ensemble.

– Moins vite ! ordonna Gad au bout de quelques mètres.

Élie marcha moins vite.

Le mort commença à se balancer ; Élie serra les chevilles contre ses hanches et accorda ses pas à ceux de Gad derrière lui. Le balancement diminua.

Ils avancèrent ainsi à pas réguliers et en silence, jusqu'au moment où Élie se sentit tirer en arrière.

– Non, arrête ! lança Gad.

Élie se retourna. Gad ne tenait plus le mort que par les poignets. Il les lâcha et dit :

– Il est lourd tout de même.

Élie attendit et, comme Gad ne semblait pas près de repartir, il s'accroupit et lâcha les chevilles.

– On change de côté, fit Gad en se massant les bras. Viens prendre ma place !

Ils se tenaient à l'ombre de deux grands cyprès. La lune éclairait l'allée devant et derrière eux.

– Je préfère qu'on continue comme ça, dit Élie, je ne veux pas le regarder.

Gad réfléchit un instant.

– Trouve-moi de la compote de pommes !

Élie se tourna vers lui.

– Hein, quoi ?

– Oui, je te laisse le porter par les jambes si tu peux m'en trouver.

Élie regarda par terre et dit en haussant les épaules :

– Je vais essayer d'en trouver.

Gad s'avança.

– Dans ce cas, on continue comme ça.

Élie l'arrêta.

– J'en trouverai, sûr, Gad ! Demain !

– C'est bon, fit Gad en retournant à sa place.

Ils soulevèrent le mort et se remirent en route.

Élie avait soin d'accorder ses pas à ceux de Gad.

Ils passèrent sous la lumière de la lune, et le bout des chaussures du mort devint bleuté.

Élie détourna son regard et dit :

– J'aime aussi la compote de pommes. J'en mangeais souvent à Lublin. Je mettais de côté les morceaux de peau grillée, parce que c'est ce que je préfère. Mais le mieux ça reste le blanc des pépins.

Seulement on les retirait pour faire la compote. Je me souviens qu'une fois j'en ai mis dans la casserole, mais je ne les ai pas retrouvés dans l'assiette. Ils avaient certainement fondu. Et…

– Attends ! ordonna Gad, on s'arrête encore.

Ils avaient posé le mort.

Élie demeurait tourné vers le fond de l'allée pour ne pas le voir, car ils se trouvaient encore sous la clarté de la lune, en dehors de l'ombre des grands arbres.

– Ce qu'il est lourd pour un vieux, merde ! se plaignait Gad en croisant les mains derrière sa nuque.

Il fit craquer ses doigts et se pencha au-dessus du cadavre.

– Regarde, le vieux s'était rasé.

Élie dit, sans se retourner :

– Je me demande si les oiseaux fabriquent leur nid ensemble, je veux dire le mâle et la femelle.

Gad regarda vers le ciel et se mit à rire.

– Sérieusement, reprit Élie, je sais que parfois le plumage des mâles et celui des femelles se ressemblent tellement que c'est difficile de savoir lequel des deux fait le nid, ou bien s'ils le font ensemble.

– D'accord, lâcha Gad en se baissant.

Il empoigna le mort sous les aisselles.

– On repart !

Élie tira légèrement sa casquette en arrière et se pencha pour empoigner les chevilles. Il se redressa brusquement et resta immobile, les bras le long du corps.

– Qu'est-ce que c'est ? interrogea Gad.

Il attendit un instant et ordonna une seconde fois avec impatience :

– On repart !

Élie ne bougeait pas. Gad lâcha le mort et s'approcha.

Il se planta devant Élie.

– Mais quoi ! Qu'est-ce que tu attends ?

Élie murmura :

– Je l'ai touché.

– Et alors !

– J'ai touché sa peau, Gad.

Gad secoua la tête.

– Mais qu'est-ce qu'on fout là, commença-t-il avec colère, tu pensais peut-être qu'on portait des bidons de lait ! Non, retourne-toi, regarde ! Tu vois, c'est un vieux juif. Mais regarde-le, bon sang !

Élie tenta de se défendre. Ses lèvres tremblèrent. Gad lança :

– Ferme ça !

Élie ouvrit la bouche péniblement.

– Ferme ça, imposa de nouveau Gad. Je vois, tu

veux t'en débarrasser, mais ça t'empoisonne de le toucher. Mais quoi ! c'est pas sale la peau d'un vieux ! Tu m'entends ? C'est pas sale.

Gad finit à voix basse et tristement :

– T'es un pauvre type.

Élie saisit la manche de Gad et serra le tissu. Il dit doucement :

– Oh ! mon Dieu !

Gad le dévisagea. Élie regarda de côté et murmura :

– Oh ! mon Dieu ! tais-toi, Gad.

Gad ne retira pas son bras. Il laissa Élie tenir la manche de sa veste.

Il resta silencieux un moment.

Élie avait relevé la tête lentement, semblant chercher un point où accrocher son regard.

Gad respira profondément et dit :

– Au sujet des oiseaux, ça dépend. Parfois le mâle est plus gros que la femelle. Parfois ils se ressemblent et c'est difficile à dire. Mais assez souvent ils font leur nid ensemble.

Élie bougea les lèvres. Gad poursuivit :

– C'est comme les pinsons. Eux font leur nid ensemble. Ils commencent par enrouler des fils de toile d'araignée autour des branches. Ensuite, si c'est solide ils rajoutent de la mousse et des brindilles.

Élie demanda faiblement :

– C'est vrai ?

– Oui, c'est comme ça que font les pinsons.

– C'est rudement adroit, dit Élie.

Puis il ajouta :

– Je voulais savoir parce qu'il y a un nid en construction dans les buissons. Je me demandais.

– Tâche de bien regarder demain ! Et tu me diras.

Élie ne retenait plus la manche que par deux doigts.

Quand il la lâcha, Gad dit :

– Je vais lui attacher le bas du pantalon avec ses lacets. Tu n'auras plus à toucher sa peau et tu seras tranquille.

Il s'accroupit et délaça les chaussures du mort.

Ensuite il tira le tissu du pantalon, enroula les lacets et fit un nœud autour de chaque cheville.

Se relevant il dit :

– On va l'amener du côté de la rue.

Élie acquiesça. Gad ordonna le départ.

Ils s'arrêtèrent deux autres fois avant de prendre sur leur gauche l'allée qui longe la rue Okopowa.

Ils avaient choisi un arbre visible des maisons pour y adosser le mort.

Puis ils étaient revenus silencieux jusqu'au passage entre les buissons.

– Maintenant je dois dormir, dit Gad.

– Je ne t'entends pas partir le matin.

Gad ferma sa veste et s'allongea entre ses deux sacs.

– Il ne fait pas encore jour quand j'y vais.

Chapitre quatre

Je n'ai pas de compote de pommes. Clara dit que je n'en trouverai pas. Ce n'est pas une question de prix, il n'y a pas de pommes en ce moment. Elle a voulu me donner des beignets sucrés à la place. Je lui ai dit que c'était de la compote de pommes dont j'avais envie seulement, mais que ce n'était pas grave si elle n'en avait pas. J'ai pensé après que j'aurais dû prendre les beignets à la place parce que Gad aime peut-être... A présent j'espère qu'il ne les aime pas.

Élie observa un silence :

– Clara est restée un long moment avec moi. Et j'ai fini par manger froid. J'avais peur de faire du bruit avec ma bouche ou de laisser tomber quelque chose à côté de mon assiette. Je suis maladroit, Josef.

Il frotta son dos à la stèle.

Un souffle de vent parfumé lui fit lever la tête.

– Je vais te dire ce que je vois, Josef : je vois mon pantalon et mes chaussures, mais pas la couverture, elle se confond avec le sol. Je lève les yeux. Ici on est entouré de buissons et d'arbustes. Le jour ils sont de couleur différente. Mais la nuit ce sont des collines sombres. Elles se tiennent devant le ciel ; il est noir mais moins noir que les collines. C'est pour ça qu'on les voit. La nuit dernière la lune rendait les choses grises et bleues.

Il regarda de côté.

– Maintenant, si je tourne la tête, je vois d'autres buissons et les cyprès qui bordent l'allée. Ils sont sombres également. Demain en plein jour j'aurai davantage à te dire.

Élie regarda une dernière fois autour de lui et pensa qu'il avait décrit l'essentiel à Josef.

Il ferma les yeux.

– Les rues ont été tranquilles aujourd'hui, m'a dit Clara. A part ce matin où les Allemands ont bouclé la rue Zamenhof. Ils ont contrôlé les papiers mais n'ont emmené personne. Elle aimerait que ce soit chaque jour ainsi. Mais le matin on continue à retrouver des gens qu'on a tués pendant la nuit. Les Allemands les laissent dans les rues à l'endroit où ils sont tombés. Et il paraît, mais là Clara n'est pas sûre, que des Lituaniens et des Ukrainiens sont à Varsovie pour aider les Allemands. Mais personne ne les a encore vus.

Élie s'assit sur la tombe. Il chercha un instant une direction entre le sud et l'est du cimetière et pointa l'index en avant :

– Lublin est par là.

Il garda le doigt tendu et ajouta :

– J'aimerais parler de Lublin à Clara. Mais j'ai peur de l'ennuyer.

Repliant le doigt, il fit bouger son poing, de droite à gauche en clignant un œil après l'autre.

– C'est drôle, Josef ! Je crois voir ma main aller à gauche mais elle va à droite.

Tandis qu'il baissait le poing, une brise s'empara du feuillage et cessa dès que sa main toucha son genou. Lentement il remonta le bras et répéta son geste. Cette fois, le feuillage garda le silence.

Élie se leva.

– Je vais attendre Gad. Je voudrais être réveillé lorsqu'il viendra. J'ai ramené un repas pour lui.

Il fit plusieurs fois le tour de la tombe dans l'obscurité. Il dit :

– Je dois pouvoir tourner autour de toi sans regarder.

Il ferma les yeux et avança doucement. Avant

de boucler le premier tour, il marcha sur la couverture.

– J'ai trop rétréci le cercle, dit-il après avoir ouvert les yeux.

Il s'apprêta à recommencer mais un bruit de pas s'éleva de l'allée. Il s'agenouilla et se laissa glisser sur la couverture.

– C'est toi ? demanda-t-il à l'approche des pas, c'est toi, Gad ?

Gad sortit des buissons.

Il s'approcha de la tombe et posa deux couvertures sur la pierre.

– Soixante zlotys, dit-il, elles sont neuves.

Il fouilla dans sa poche et tendit des billets à Élie.

– Oh ! non, Gad ! Tu peux les garder.

Gad insista :

– On n'avait rien convenu, fit-il les billets tendus.

Élie se leva et prit l'argent. Il le mit dans sa poche.

Gad demanda en jetant un regard sur la tombe :

– Et la compote de pommes ?

Élie secoua la tête et avoua misérable :

– Je n'en ai pas trouvé.

Gad éleva la voix :

– Tu te fous de moi ?

– Non, Gad ! j'ai demandé ! Seulement on ne trouve pas de pommes en ce moment.

Gad rit méchamment. Puis sur le ton d'Élie :

– Pas de pommes en ce moment !

– C'est vrai ! affirma Élie avec conviction. J'ai demandé au restaurant, à Clara.

Gad dit avec aigreur.

– Tu n'avais qu'à chercher ailleurs si tu n'en trouvais pas là.

Élie toucha les soixante zlotys dans sa poche.

– Et si tu prenais l'argent qui reste des couvertures pour en acheter ?

Gad se taisait.

Élie proposa encore avec inquiétude :

– Je pourrais t'avoir des beignets sucrés à la place.

– Écoute, je me fous de tes beignets. Si je t'ai laissé porter le vieux par les pieds, c'était pour de la compote.

Élie porta le pouce et l'index à la commissure des lèvres et dit benoîtement :

– Je demanderai encore demain.

Gad se fendit d'un sourire ironique qu'Élie aperçut malgré l'obscurité.

Il montra les repas emballés.

– Tu as faim ?

Gad pencha la tête vers le sac.

– Qu'est-ce que c'est ?

– Un œuf et un quart de chou.

Comme Élie prenait le sac, des coups de feu éclatèrent.

Cependant ces détonations n'avaient rien d'effrayant.

Elles étaient lointaines, assourdies par la distance.

– C'est derrière l'usine Brauer, dit Gad en s'asseyant sur la tombe et en souriant à part soi, on est pour ainsi dire déjà mort quand on commence à trafiquer par là.

– Pourquoi ?

– Trop facile !

Gad sortit sa boîte en fer et fit les gestes habituels.

– Trop facile, reprit-il, le mur n'est pas haut derrière l'usine Brauer. C'est par là que les débutants tentent leur chance les premières fois.

A cet instant Gad rejeta la tête en arrière pour recracher la fumée à la verticale.

– Bon sang ! et les gendarmes le connaissent aussi le mur. Ils savent qu'il est facile derrière l'usine Brauer. Ils laissent sortir les gamins qui débutent et les descendent une fois qu'ils reviennent chargés. Et ces cochons-là récupèrent la marchandise des gosses. Mère de Dieu on est déjà mort quand on commence à vouloir trafiquer là-bas.

Élie ne dit rien. Il prit le sac des repas, en sortit un bocal en verre qu'il tendit à Gad, et puis il replia soigneusement le haut du sac.

Gad coinça le bocal entre ses genoux, ôta le couvercle en papier huilé et commença à manger.

Élie s'assit sur la couverture.

Il laissa à Gad le temps de goûter le chou.

– C'est bon ?

– Oui, c'est bon.

Élie dit avec fierté :

– C'est toujours comme ça chez Szulc.

– Ça coûte non ?

– Quatorze zlotys.

Gad avala une bouchée et siffla.

– Je savais que ça coûtait, dit-il, mais là !

Élie tenta de s'expliquer :

– Oui, mais je ne vais pas seulement chez Szulc pour manger. Je connais quelqu'un là-bas.

– Une fille ?

Élie hésita puis finit par faire oui de la tête.

– Mmm ! fit Gad comme s'il humait un plat.

Il se frotta les mains à son pantalon avant d'ajouter :

– Quatorze zlotys ! Elle doit être épatante !

Élie répliqua en riant :

– Oh ! non, Gad ! je ne calcule pas ainsi !

– Ben voyons.

Élie secoua la tête.

– Qu'est-ce que tu vas penser !

– Que tu te fous de ma gueule.

Et ce disant, Gad plongea la main dans le bocal. Il l'y laissa et dévisagea Élie avec un étonnement soudain.

Élie baissa les yeux et Gad finit par demander avec un très grand sérieux :

– Pourquoi tu restes là, avec les morts ?

Élie étendit les jambes et regarda autour de lui les collines sombres, le passage entre elles et la pointe des cyprès.

– C'est un bon coin.

Gad sortit l'œuf du bocal.

– C'est suffisant ? demanda-t-il à voix basse, comme à lui-même.

Il avala une moitié de l'œuf d'un coup, laissa passer un moment, et continua d'une voix étouffée :

– Qu'est-ce qui t'empêche d'habiter le ghetto ?

– J'ai essayé, Gad. C'est ce que j'ai fait au début en arrivant de Lublin. J'ai habité chez des gens de Varsovie, rue Gesia ; une adresse qu'on m'avait donnée à Lublin. Nous étions neuf dans une chambre. Neuf, Gad ! J'ai passé deux nuits contre la grand-mère qui s'agrippait à moi, et moi je n'osais pas bouger.

Gad s'esclaffa :

– A mon idée, elle te prenait pour le grand-père.

– Tu crois ?

Gad rit de plus belle.

– Mais il n'y avait pas de grand-père, expliqua Élie.

Gad s'étouffait avec l'autre moitié de l'œuf.

– Justement, dit-il en hoquetant, justement.

Élie secoua la tête.

– Mais non, Gad, je crois surtout qu'elle avait peur. Elle me serrait avec ses deux mains et…

Élie avait interrompu son histoire. Il restait silencieux. Et c'est Gad qui, après un moment, lui demanda :

– Alors ?

– Après, j'ai essayé de trouver autre chose. J'ai demandé à l'entrée des immeubles. J'avais de quoi payer et on me disait de rester. Seulement je retrouvais la même chose ; des familles entières dans une pièce, deux familles parfois. C'était pire qu'à l'adresse qu'on m'avait donnée à Lublin.

Gad l'interrompit, goguenard :

– C'était à te retrouver entre deux vieilles !

– Et peut-être que chacune m'aurait tenu un bras, dit Élie avec sérieux.

En prononçant ces mots, son visage avait pris un air calme et grave.

Après quoi il conclut son histoire d'une voix changée :

– Quand il a commencé à faire nuit, j'ai eu peur à cause du couvre-feu ; j'ai quitté les rues ; je suis rentré dans le cimetière et j'ai trouvé ce coin par hasard. Le lendemain j'ai acheté une couverture dans la rue Zamenhof et je suis revenu m'installer pour de bon.

Gad se leva et alla cueillir une touffe d'herbe pour s'essuyer les mains. Il revint s'asseoir sur la tombe en se grattant le dos. Il demanda :

– Tu es retourné dire aux autres où tu étais ?

– Je n'ai pas osé.

– Alors ils ont dû croire qu'on t'avait emmené sur l'*Umschlagplatz*[1].

Élie se redressa et s'assit près de Gad. Il demanda :

– Tu sais ce que deviennent ceux qu'on garde sur l'Umschlagplatz ?

– Ils montent dans des wagons.

– Oui, ça je sais, mais après ? Les trains, Gad, où vont-ils ?

Gad sortit sa petite boîte en fer et, tout en roulant une cigarette, il dit :

1. Grande place située au centre du ghetto. Les gens arrêtés s'y entassaient avant d'être emmenés par le train pour les camps d'extermination.

– Le bruit a couru un temps qu'ils allaient à Minsk, parce qu'on y avait besoin de main-d'œuvre. Du vent à mon idée.

Il frotta une allumette sur son grattoir et se tourna vers Élie.

– Comment s'appelle-t-elle la fille chez Szulc ?

– Clara. Je t'en ai parlé déjà.

Gad regarda brûler l'allumette jusqu'au bout. Il souffla la fumée et la jeta.

– Comment est-elle ?

Élie secoua la tête.

– Non Gad, elle et moi c'est pas ce que tu t'imagines !

– Par exemple ?

– Par exemple qu'on est fiancés ou quelque chose comme ça.

– Non, fit Gad amusé, faut pas me la faire.

Élie leva les yeux au ciel.

– Tu n'y es pas Gad.

– Quoi ! répliqua Gad, mais c'est toi qui n'y es pas. Tu connais une fille, tu paies quatorze zlotys le repas pour la voir et tu n'as pas l'idée de…

Élie posa une main sur le bras de Gad et dit calmement :

– Clara est une vieille dame.

Comme Gad demeurait muet, Élie craignit de l'avoir offensé. Il se mit à gratter la surface de la pierre.

Puis soudain Gad dit avec malice :

– Tu aurais pu me le dire avant !

– Oui j'aurais pu, répondit Élie joyeusement, comme j'aurais pu continuer à ne pas te le dire puisque tu ne me le demandais pas.

Gad réfléchit un instant en se mordant un doigt. Puis il lança triomphant :

– Elle a une fille ! Et c'est pour ça que tu te paies des repas à quatorze zlotys. Pour l'apercevoir derrière la porte des cuisines, ou alors quand elle vient chercher sa mère après la fermeture. C'est ça hein ?

Élie dit :

– Elle n'a pas de fille.

Après un court silence, Gad demanda avec humeur :

– Alors quoi, bon sang ! pourquoi tu vas manger à ce prix-là ?

Élie répondit innocemment :

– Pour parler avec Clara.

Gad jeta sa cigarette dans les buissons et le dévisagea. Gêné, Élie dit encore :

– Je crois aussi qu'elle aime parler avec moi. Sans ça, hier elle ne m'aurait pas dit de faire attention.

Gad hocha la tête et dit avec ironie :

– Évidemment si elle te l'a dit.

– Presque mot pour mot, Gad, murmura Élie, elle n'aimerait pas qu'il m'arrive quelque chose.

Gad baissa les yeux et resta un moment sans parler. Puis il regarda de nouveau Élie.

– Je te crois, fit-il avec une certaine douceur.

Il tourna la tête :

– On ne parlera plus de ça.

Élie ôta sa casquette et la fit tourner entre ses mains. Gad se retourna pour le regarder faire.

– Je vais rentrer, fit-il au bout d'un moment.

Élie remit sa casquette et dit :

– J'ai observé le nid aujourd'hui. J'ai regardé l'oiseau. Il est gris avec un ventre blanc. Et j'ai vu des reflets verts.

– Une fauvette, à mon idée.

– Un mâle ou une femelle ?

Gad haussa les épaules.

– Je ne peux pas dire. Tu as vu les deux sans doute. Les fauvettes se ressemblent. Et puis elles font leur nid ensemble. Il ne doit pas être bien haut dans les buissons, hein ?

– Non.

Et, ce disant, Élie écarta les mains pour montrer la hauteur.

– C'est bien ça, conclut Gad sans ostentation, un nid de fauvette.

Il s'était levé et considérait les couvertures neuves sur la tombe, et celle étalée à ses pieds.

– Tu vas finir par avoir de la visite, si celui-ci a encore de la famille, dit-il en montrant du doigt le nom gravé sur la *metzewah*[1].

– Personne n'est encore venu, déclara Élie en haussant les épaules.

– Un jour ou l'autre ça arrivera, reprit Gad en désignant les couvertures et le sac des repas sur la pierre, et je n'aimerais pas être là quand ils verront ton installation, finit-il en grimaçant.

Élie se défendit :

– Il n'y a pas de mal, Gad, je n'abîme pas. Et puis personne ne vient jamais par là. Même les enterrements se font plus loin, je les entends. Il n'y a plus de place ici.

– Il n'y aura bientôt plus de place nulle part, marmonna Gad.

Il se dirigea vers le passage entre les buissons.

Élie se leva et le rejoignit sur l'allée.

– Je vais avec toi jusqu'à la rue.

Comme il rattrapait Gad, de nouveaux coups de feu retentirent derrière l'usine Brauer.

Gad sembla hésiter. Il marcha moins vite.

L'ayant rejoint, Élie marcha comme lui, attentif à sa décision.

---

1. Monument surmontant les tombes juives.

L'écho des détonations s'était perdu. La nuit retrouvait le silence. Il ne restait qu'un imperceptible frôlement du vent dans les cyprès.

Cependant, Gad mesurait ses pas. Il avançait avec précaution comme si, en faisant du bruit, il allait donner le signal de nouvelles détonations.

Élie fouillait la nuit au fond de l'allée. La main de Gad, levée devant sa poitrine, ordonnait sa marche. Soudain elle se posa sur son épaule. Elle appuya. Élie lui obéit et s'accroupit comme Gad au centre de l'allée.

Gad retira sa main et posa un genou à terre.

– Qu'est-ce que c'est ? marmotta Élie.

– Tais-toi ! commanda Gad à voix basse.

Élie tenta de lire sur son visage mais, comme ils étaient tournés, il ne voyait que son profil.

Ils restèrent presque une minute immobiles, puis Gad ramassa une poignée de pierres.

Il pivota lentement sur sa gauche et lança brusquement les pierres à la volée derrière lui.

Elles frappèrent le feuillage d'un groupe de charmes.

Une forme blanche s'en échappa dans un froissement d'ailes. Elle survola un moment l'allée et disparut dans l'obscurité au-dessus du cimetière.

Gad se releva.

– Une chouette effraie, dit-il.

Élie se releva à son tour et demanda :

– Tu l'avais vue ?

– Non, dit Gad.

Et il s'éloigna.

Élie lui emboîta le pas.

– Alors tu l'avais entendue ?

Gad se tourna vers lui et posa un doigt sur son nez.

Élie haussa les épaules.

– Un coup de chance, oui, affirma-t-il avec malice.

Cependant, Gad répliqua, dédaigneux :

– Si tu veux.

Élie se troubla.

– D'accord, Gad, je te crois, je ne cherchais pas à te fâcher.

Gad ne dit rien.

– Je te crois, répéta Élie. Hein Gad ! Tu entends ?

Ils arrivèrent au bout et prirent sur la gauche, parallèlement à la rue Okopowa.

Du menton, Gad montra un arbre devant eux.

– On est venu ramasser le vieux.

Élie regarda de côté. Et, une fois dépassé l'arbre, il dit, admiratif :

– Tu en sais sur les oiseaux !

Gad demeura un moment silencieux, avant de marmonner :

– Ça m'intéressait avant la guerre.

– Et maintenant ?

– Je m'en fous.

Tout en marchant, Élie lui lançait des regards timides en se grattant la nuque sous la casquette.

Il finit par dire :

– C'est drôle que ça ne te plaise plus depuis la guerre, c'est drôle oui, parce que moi, une chose m'intéresse justement depuis le début de la guerre.

Il se tut et attendit que Gad lui demandât de quoi il s'agissait. Gad n'en faisait rien.

Élie ôta sa casquette, l'épousseta et la remit.

Enfin il dit :

– Je fais des poèmes.

Gad se pencha légèrement pour l'apercevoir. Il laissa tomber doucement et sans méchanceté :

– T'es cinglé.

Élie plongea son regard vers le sol en souriant.

Gad secoua la tête :

– T'es cinglé. Les rimes quoi, et tout ce qui s'ensuit, c'est déjà tordu en temps ordinaire, alors au temps d'aujourd'hui, bon sang, c'est de la connerie. Et t'es cinglé.

Ils approchaient du bout de l'allée.

Élie s'était laissé distancer.

– D'accord, Gad ! lança-t-il, tu as raison pour les rimes, moi je n'en fais pas dans mes poèmes…

Gad ne répondit pas. Élie le rattrapa.

– Je n'aime pas non plus les rimes.

Gad stoppa au pied de la porte qui ouvre sur la rue Okopowa. Il poussa un battant avec le dos.

– Je vais te laisser là.

Élie fit un léger signe de tête.

– La nuit prochaine, si je dors, et si tu ne veux pas me réveiller, prends le repas dans le sac, je le poserai sur la tombe.

Gad franchit la porte.

– Je suis désolé pour la compote de pommes, dit encore Élie.

– Ce n'était pas pour moi, fit Gad en se retournant.

Il retira sa casquette et la mit dans sa poche. Il fit un signe à Élie et s'éloigna.

Élie jeta un regard alentour avant de passer la porte et de rejoindre Gad au milieu de la rue Okopowa.

– Attends, Gad ! il y a une chose que j'ai trouvée aujourd'hui. Sur l'ongle il y a une tache blanche arrondie, et en la voyant j'ai pensé à un soleil. Tu peux la voir sur tous les doigts, mais regarde sur le pouce, c'est là qu'elle est la plus grosse.

Gad leva une main et observa son pouce.

– Non, Gad, attends demain, tu le verras mieux au jour.

Gad baissa la main. Il rit doucement en secouant la tête. Élie posa son regard sur ses chaussures et haussa les épaules comme pour s'excuser.

Gad l'observa un moment et tourna les talons.

En remontant l'allée du cimetière, Élie passa devant le groupe de charmes d'où la chouette effraie s'était envolée. Il murmura :

– Coup de chance.

Chapitre cinq

Le ciel s'était peu à peu couvert dans la journée. Cela avait commencé aux environs de midi. Venant de la mer Baltique, des nuages s'étaient avancés, poussés par des vents d'altitude.

Au début clairsemés, ils finirent par être tout le ciel au bout de quelques heures.

Ceci fait, les vents poussèrent plus au sud, abandonnant derrière eux une arrière-garde de rafales sans force, juste capables de se montrer dans les feuillages.

Comme l'air manquait, la chaleur s'accumula sous les nuages, et il se mit à faire un temps d'orage au-dessus de Varsovie.

Dans l'après-midi, vers les trois heures, il y eut une rafle rue Lezno. On la mena à la va-vite. Les

Allemands, aidés par une compagnie d'Ukrainiens, bloquèrent les coins des rues Lezno Zelna et Lezno Solna. Ils arrêtèrent une trentaine de personnes qu'ils alignèrent contre les façades avant de les faire monter dans les camions. Le lieutenant qui commandait l'opération ne cessa de scruter le ciel pendant les arrestations et, soucieux d'éviter l'orage, il donna rapidement l'ordre du départ.

Les passants réfugiés dans les cages d'escalier reprirent leur chemin quand les camions furent partis, ignorant qu'ils devaient leur salut aux nuages de la mer Baltique.

Une heure après, le tramway stoppa entre deux arrêts.

Les passagers pensèrent à une nouvelle rafle et n'osèrent pas descendre ; on força les enfants à se cacher sous les sièges. La confusion dura quelques minutes.

Puis, lorsque la rame s'ébranla – ce n'était qu'un incident mécanique – les enfants refusèrent de se montrer car ils avaient commencé à jouer sous les sièges.

Cependant l'orage n'éclata pas ; il n'y eut, de loin en loin, que des éclairs de chaleur et des grondements de tonnerre. Avec le soir, la lourdeur de l'air baissa un peu. On étouffa moins. Enfin, le couvre-feu vida les rues, éteignit la lumière et ferma les fenêtres.

Peu après minuit, dans le cimetière, une nichée de lérots sortit de la terre par une fissure au flanc d'une tombe. La mère précédait ses petits.

Elle commença par montrer sa tête pointue et renifla les abords. Elle se hissa ensuite à l'extérieur, tourna sur elle-même le museau levé, puis donna le signal.

Les petits lérots se ruèrent à l'air libre et s'égaillèrent dans un rayon d'un mètre.

La mère demeura aux aguets à l'entrée de la crevasse. Elle poussait de temps à autre des cris de ralliement pour montrer la direction en cas de danger.

Deux groupes s'étaient formés parmi les petits. Ceux du plus éloigné se disputaient un reste d'insecte. Ceux de l'autre couraient le long de la tombe et cherchaient à se mordre. Au moment de l'éclair, ils restèrent un instant pétrifiés avant de se précipiter dans le trou.

La mère s'y engouffra derrière eux.

Élie cligna des yeux et reprit sa phrase :

– Vraiment, Gad, tu peux y aller. Ça ne manquera pas et c'est bon.

Il s'assit en face de Gad et posa le sac des repas.

– C'est encore meilleur qu'hier. On a de la chance.

Gad tenait son sac entre les genoux et nouait fébrilement la corde qui le fermait.

Élie insista :

– Clara m'a prévenu quand je suis arrivé ce soir. Elle m'a dit que j'allais faire un fameux repas. Elle avait raison, c'était fameux.

Gad demeurait immobile. Soudain il releva la tête et fixa Élie d'une étrange façon, comme s'il regardait à travers lui. Élie demanda :

– Tu n'as pas faim ?

Calmement, Gad avança la main et saisit le repas.

Son visage se contracta et, d'un geste violent, il lança le sac dans les buissons.

– Tu vas pas bientôt me foutre la paix à la fin ! lâcha-t-il menaçant.

Sa voix tremblait si fort qu'il semblait s'étouffer. Il appuya une main sur le sol et fit mine de se lever.

– Laisse-moi, bon Dieu ! Retourne dans ton coin et laisse-moi ! Tu m'entends ? Fous-moi la paix.

Élie ne bougeait pas. La surprise et la peur le tenaient fermement assis en face de Gad. Il le dévisageait les yeux grands ouverts.

– Alors ! s'écria Gad.

Élie sursauta. Il baissa les yeux et se leva.

Puis il regarda vers les buissons, là où le sac était

resté accroché. Il voulut parler mais Gad l'en dissuada en faisant de nouveau mine de se lever, menaçant.

Élie recula jusqu'à la tombe.

Au moment où il s'y asseyait, un éclair délaya l'encre au-dessus du cimetière.

La réponse du tonnerre tarda. Dans le silence qui la précéda, Élie et Gad fixèrent chacun un point devant eux. Élie prit la tache claire de la palissade à travers les buissons, et Gad une branche d'épines qui se détachait d'une stèle.

Le grondement se répercuta au-delà du temps ordinaire et finit par un craquement, comme un arbre qui tombe.

Une rafale de vent tiède courut entre eux.

Élie boutonna machinalement sa veste.

Il évitait de regarder du côté de Gad. Il n'osait plus bouger, pas même se lever pour récupérer le sac dans les buissons.

Un mouvement de Gad attira son attention. Il l'épia à la dérobée : Gad sortait sa boîte en fer. Il la posa devant lui et se fit une cigarette.

Élie en profita pour s'allonger sur les couvertures.

Il s'étendit sur le côté, la tête posée sur l'avant-bras, le visage tourné vers Gad.

Ce dernier frotta une allumette. Il la regarda flamber sans penser à allumer sa cigarette. Elle s'éteignit entre ses doigts. Il en frotta une autre.

– Je n'ai pas envie de manger, laissa-t-il échapper.

Élie dit avec douceur, comme s'il ne s'était rien passé :

– Ça te viendra peut-être dans un moment, tu auras peut-être faim.

Gad rangea la cigarette dans la boîte en fer et se leva.

Il resta quelques secondes immobile, planté dans l'obscurité.

Il regarda vers Élie.

Passant une main sur son visage il s'avança, puis s'arrêta.

Enfin, d'un pas assuré, il alla chercher le sac pendu aux buissons et vint s'asseoir sur les couvertures.

Élie se redressa et s'adossa à la stèle comme lui.

Au bout d'un moment Gad lâcha d'une voix morne :

– Ils ont failli m'avoir tout à l'heure.

Il se tut un instant et ajouta avec douleur :

– J'ai pissé sur moi en courant.

Il baissa la tête.

– Ces salauds m'ont fait faire sur moi.

Élie frissonna. Il dit avec ferveur :

– C'est pas honteux, Gad.

Gad se tordit la bouche.

– Si, c'est honteux ! lança-t-il misérable, et rien que pour ça j'en descendrai un, je bousillerai un de ces salauds.

Il termina sa phrase dans une sorte de sanglot étouffé, mêlé de rage et de désespoir.

Il enfouit son visage dans un pan de sa veste et murmura des mots incompréhensibles.

Élie effleura son épaule et dit doucement :

– Faut pas t'en faire, Gad, moi aussi j'ai déjà pissé sur moi une fois. Je n'y pense presque plus.

Comme Gad demeurait caché sous sa veste, Élie dit encore avec douceur :

– T'en fais pas, Gad.

– J'en bousillerai un, répéta Gad au travers de sa veste.

Puis il se montra et regarda devant lui, immobile, à part un léger tremblement de sa mâchoire.

Élie noua ses mains et releva la tête.

Il regarda les collines sombres, le ciel noir plus haut et, enfin, de côté, vers Gad.

Puis il posa le menton sur ses genoux et demanda à mi-voix :

– Ce n'est jamais plus haut un nid de fauvette ?

Gad ne dit rien ; il se leva brusquement et alla fouiller dans son sac. Il revint avec une bouteille.

Il la tendit à Élie.

– Qu'est-ce que c'est ?

– Goûte !

– Oui, mais qu'est-ce…

– Je te dis de goûter !

Élie dévissa le bouchon et jeta un regard à Gad. Celui-ci l'encouragea d'un geste.

Élie mit le goulot à la bouche et ferma les yeux.

– Doucement ! le prévint Gad.

Élie leva la bouteille. Il avala une gorgée et aussitôt projeta sa tête en avant en respirant bruyamment. Puis il tendit la bouteille à Gad et demanda sans cesser de haleter :

– Qu'est-ce que c'est ?

– De la vodka.

Élie se cacha le visage dans les mains et dit en s'essuyant les yeux :

– Oh ! mon Dieu !

Gad, qui commençait à boire, haussa les épaules. Il demanda entre deux gorgées :

– Quoi mon Dieu ?

– C'est fort ! soupira Élie.

Il questionna Gad.

– C'est ce que tu ramènes cette nuit ?

– C'est bon ?

Élie respira profondément avant d'avouer :

– Je ne sais pas.

Gad lui tendit la bouteille.

– Tiens ! goûte encore !

Élie fit mine de se lever. Gad attrapa son bras et le força à prendre la bouteille. Résigné, Élie retint sa respiration et but un long trait, les yeux fermés.

– Voilà ! lança Gad tandis qu'Élie jetait la tête en avant et cherchait à reprendre son souffle.

Gad reprit la bouteille et but à son tour. Élie regarda le ciel.

– Je le savais, marmonna-t-il.

– Quoi ?

– Je savais que ça me monterait à la tête.

Gad se mit à rire. Élie secoua la tête comme s'il était contrarié. Et Gad l'imita sans cesser de rire.

Brusquement, Élie se leva.

Il manqua de tomber et se rattrapa à l'épaule de Gad.

Une fois son équilibre retrouvé, il murmura « ça va » et commença à tourner autour de la tombe.

– Qu'est-ce que t'as ? demanda Gad.

– Rien.

Après plusieurs tours sous le regard incrédule de Gad, il s'arrêta et but un trait de vodka.

Puis il reprit sa ronde. Gad demanda de nouveau ·

– Mais qu'est-ce que t'as ?

Élie bredouilla :

– Je compense.

– T'es piqué ou quoi !

– Non Gad, je compense. A l'heure qu'il est, ça tourne chez moi. Il ne me reste plus qu'à tourner dans l'autre sens. Tu comprends, Gad, j'annule l'effet.

Gad demeura perplexe un moment. Puis il prit la bouteille et but une gorgée d'alcool.

Après quoi il se leva et tourna autour de la tombe, dans le sens inverse de celui d'Élie.

– On va annuler ensemble, lui dit-il la première fois qu'ils se croisèrent.

Les fois suivantes ils s'interrogèrent l'un l'autre.

– Alors ?

– Ça va. Et toi ?

Quelquefois ils s'arrêtaient pour boire, l'un ou l'autre. Ils repartaient aussitôt.

– Attends ! lança Gad, on va souffler.

Ils se reposèrent un moment jusqu'à ce que Gad se soulève péniblement de la tombe et demande :

– Assez soufflé ?

– C'est bon, Gad.

Alors ils reprirent leur ronde, sans s'interroger cette fois, car ils s'appliquaient chacun de son côté à faire des cercles réguliers.

Gad stoppa brusquement. Il y avait plusieurs tours qu'il n'avait pas croisé Élie. Il regarda autour de lui. Il ne vit que l'obscurité et s'écria :

– Où t'es ?

La réponse tarda.

– Ici, Gad.

Gad se retourna.

– Je n'arrive plus à annuler, bredouilla Élie assis au pied des buissons.

Gad s'approcha. S'asseyant en face de lui, il dit :

– Tu ne tournais peut-être pas dans le bon sens !

Élie hocha la tête avec difficulté.

– C'est peut-être ça.

Gad se mit à rire doucement. Et, tout en riant, il dit :

– J'ai écrit une lettre à Heydrich pendant que je tournais.

– Bon sang, t'es fort, articula Élie admiratif.

– Alors écoute bien, puisque tu sais écrire, tu mettras tout ça au propre quand tu auras de quoi.

– D'accord, Gad, et on l'enverra.

Gad s'éclaircit la voix et dit :

– Je commence :

Monsieur Heydrich,

Vous êtes un sacré fumier de cochon…

Élie se mit à rire aussitôt. Heureux de son effet,

Gad le laissa faire et reprit en se tordant les lèvres :

Vous êtes un sacré fumier de cochon. Cette nuit, avec mon copain qui est écrivain, on boit à votre maladie, et on a tellement bu déjà que ça vous fera crever. Mon copain voit sur ses doigts des choses que vous n'avez pas idée. On ne vous dira pas ce que c'est, parce que vous, ça ne vous toucherait pas. Y a pas grand-chose qui touche les fumiers de cochons.

Mon copain habite dans le cimetière, et vous n'êtes pas près de le trouver. Vos sales trains partiront sans lui, et sans moi…

Élie chercha à parler, mais Gad lança une main en avant pour lui demander d'attendre.

Il poursuivit :

… en parlant de train, voilà ce que nous allons faire quand tout ça sera fini : on construira un pont de chemin de fer qui partira de Varsovie jusqu'à la mer des Sargasses, et qui s'arrêtera net au beau milieu. On vous mettra dans un train, vous et les fumiers de cochons de votre espèce, et quand le train arrivera au bout du pont, vous n'aurez même pas le temps de retenir votre respiration.

Élie approuva d'un signe de tête et dit avec sérieux :

– C'est une fameuse idée, Gad.

Mais, avant que Gad ne poursuive, il demanda :

– Et tu sais où elle se trouve la mer des Sargasses ?

– Non, avoua Gad, mais on s'en fout.

Soudain, Élie se redressa et porta une main à sa bouche.

– Qu'est-ce que tu as ? demanda Gad.

Élie grimaça.

– J'ai envie de vomir, gémit-il entre ses doigts.

– Vas-y mon vieux, c'est normal, tu as tourné dans le mauvais sens.

Élie se leva précipitamment et disparut dans le passage entre les buissons.

En revenant, quelques minutes après, il trouva Gad le visage contracté et s'essuyant la bouche.

Élie lui dit en se frottant les joues :

– On a tourné tous les deux dans le mauvais sens.

Gad demanda :

– Tu as de l'eau ?

Élie montra la bouteille.

Ils s'installèrent sur la couverture et se passèrent la bouteille en silence.

Ils restèrent longtemps sans parler, juste à boire à petites gorgées, chacun leur tour, et à s'essuyer la bouche avec la manche.

Passé ce temps, Élie demanda :

– Tu n'as pas froid ?

Gad fit non de la tête.

– Parce qu'on peut se prendre chacun une couverture, dit Élie.

– Je n'ai pas froid.

Après quoi le silence retomba entre eux.

Des éclairs de chaleur fendirent le ciel, parfois suivis par les craquements du tonnerre. Alors la crête des nuages apparaissait, claire et moutonneuse.

Gad sortit sa boîte en fer et se fit une cigarette avec des gestes mal assurés.

Peu à peu Élie revenait à lui.

Il observait Gad du coin de l'œil. Ce dernier cassa une allumette en la frottant.

Tandis qu'il en frottait une seconde, Élie dit :

– Tu sais, mes poèmes, je ne les écris pas, je les apprends par cœur.

– Ah ! fit Gad distraitement.

– Je ne veux pas risquer de les perdre. J'en ai dix-sept, sans compter ceux que j'ai commencés et que je...

Il n'acheva pas. Gad avait levé une main devant lui.

– Te fatigue pas à m'expliquer va, c'est pas la peine. Je continue à penser que c'est une sacrée foutaise.

Élie s'indigna :

– Dans la lettre à Heydrich, tout à l'heure, tu as dit que j'étais écrivain.

Gad jeta sa cigarette dans les buissons.

– J'ai dit ça ?

Élie fit oui de la tête. Après un court instant Gad se tourna brusquement vers lui et lança avec colère :

– Ça n'en reste pas moins une foutaise d'écrire des poèmes en ce moment ! Bon sang ! Non mais arrête de m'emmerder avec ça !

– Oui, mais Gad ! se défendit Élie avec force, tu as dit aussi dans la lettre que tout ça finirait. Je te jure que tu l'as dit, Gad.

Gad eut un soupir de lassitude.

– Et tu avais raison, enchaîna Élie avec enthousiasme, et ce n'est pas le monde ici, il y a des bois autour de Varsovie, des champs, je les ai vus en arrivant de Lublin, et tu as dû les voir aussi. Ils seront encore là quand tout sera fini, plus on y pensera plus on aura de chances de les retrouver, Gad.

A ce moment-là, Élie reprit haleine. Puis il dit encore avec passion :

– Et j'en parle dans mes poèmes, Gad. Où est le mal d'en parler ?

Gad s'était redressé et dévisageait Élie avec intensité.

Il dit calmement :

– Tu es cinglé, tu es complètement cinglé. Mais quoi ! Les bois, les champs…

A cet instant il s'arrêta en secouant la tête, comme s'il venait de dire une grossièreté. Il grimaça, mais répéta cependant :

– Les bois, les champs… Écoute ! je sais où vont les camions après une rafle : dans tes bois et dans tes champs. Et tous les pauvres crétins qui se sont fait ramasser s'y font descendre sitôt qu'ils y posent le pied.

Élie tenta de protester ; il remua les lèvres.

– Ferme ça ! s'écria Gad. Ils se font descendre, et toi ça risque bien de t'arriver si tu continues de parler des champs quand c'est pas l'heure.

Élie baissa les yeux.

– Ne dis pas ça, Gad.

– Si ! Et tu pourriras sous tes champs malgré tout ce que tu auras dit sur eux.

Lentement Élie releva la tête.

– Mais, Gad…

– Quoi, mais Gad ?

Élie hésita.

– Rien, marmonna-t-il misérable, rien.

Après un long moment il se reprit :

– Gad !

– Qu'est-ce que tu veux ?

– Ne dis plus que je pourrirai.

Gad s'adossa à la tombe et, sa colère retombée, il dit doucement :

– Je ne le dirai plus.

– Ça me fait peur, murmura Élie.

– D'accord Élie, t'en fais pas, je ne le dirai plus.

Il ajouta à voix basse :

– Ça me fait peur aussi.

Puis de nouveau, un long silence.

Élie parla en premier.

– Tu n'as toujours pas faim ?

Gad prit un air dégoûté. Il but une gorgée d'eau et tendit la bouteille à Élie qui fit non de la tête en prenant un bout de couverture pour se couvrir les jambes.

– Plus tard je ne resterai pas ici, dit-il songeur.

– Tu retourneras à Lublin ? demanda Gad avec bienveillance.

– Je n'ai plus personne à Lublin, dit Élie.

Il se tourna vers Gad et déclara avec sérieux :

– J'irai à Paris.

Gad siffla entre ses dents et murmura :

– Nom de Dieu, rien que ça !

Élie enchaîna, sans parvenir à cacher son émotion.

– Je suis renseigné. A Paris il y a des appartements sous les toits qui ont une verrière à la place des fenêtres. Une verrière à petits carreaux qui laisse entrer la lumière bien mieux que des fenêtres. C'est normal, une verrière c'est aussi grand qu'un mur, et quand on se trouve derrière, on a l'impression d'être suspendu au-dessus de la ville. Tu t'imagines !

– Non, dit Gad, qui avait ressorti sa petite boîte en fer et qui l'ouvrait.

– Oh ! Gad ! fais un effort !

Gad remit dans la boîte la pincée de tabac qu'il avait dans la main et ferma les yeux.

Élie attendit un peu et demanda :

– Alors tu la vois ?

Gad secoua la tête.

– Mais si, Gad, avec des petits carreaux et, derrière, il y a les toits des maisons.

– Désolé, fit Gad en rouvrant les yeux.

– Moi je peux me l'imaginer, dit Élie. C'est plus facile parce que je l'ai vue à Lublin sur la couverture d'une revue : un écrivain se tenait debout devant une verrière, et il regardait les toits.

Il ajouta plus doucement :

– Essaie encore de te l'imaginer Gad. Alors tu auras peut-être envie de venir avec moi.

Gad se trouva un instant déconcerté.

– Et qu'est-ce que je ferais, moi, devant ta verrière ?

– Mais non, Gad ! lança Élie amusé, on ne serait pas toujours plantés devant. Seulement quelquefois quand ça nous dirait. Le reste du temps on pourrait s'associer par exemple. Tu vendrais mes poèmes. On se ferait de l'argent pour payer l'appartement.

– Oui, à qui je les vendrais ? demanda Gad.

Élie réfléchit et haussa les épaules.

– Je ne sais pas, il faudra voir une fois qu'on sera installés. Mais ça doit marcher, dit-il encore avec force.

Gad lâcha avec lassitude.

– On n'en est pas là et puis qui te dit que je me plairais à Paris !

Élie dit d'une voix convaincante.

– On serait mieux qu'ici. A Paris ils nous laisseraient tranquilles. Sous l'illustration de la verrière, c'était écrit que Paris était la ville des arts, alors tu penses bien que dans une ville pareille les gens auront mieux à faire que de nous chercher des histoires.

Gad ne paraissait pas convaincu.

– Ça ne prouve rien, dit-il, et ils racontent bien ce qu'ils veulent dans les revues.

Puis il s'essuya la joue en regardant le ciel.

– Il pleut.

Élie scruta le ciel à son tour.

– On va faire un abri avec ma vieille couverture.

Tout en parlant, il s'était levé et regardait alentour.

– On n'aura rien pour la faire tenir.

Gad se leva. Il chercha un moment et dit :

– On va la nouer aux buissons.

Ils prirent la couverture chacun par un bout et la pendirent aux branches. Ils tentèrent toutes sortes de nœuds pour la maintenir, jusqu'au moment où Gad déclara qu'il fallait prendre la ficelle de son sac.

Il la défit de ses œillets et la coupa en deux. Il en donna un bout à Élie et ils attachèrent solidement la couverture en haut des buissons. Gad tira ensuite le pan libre et disposa une bouteille de vodka à chaque coin en guise de poids. Le toit ainsi formé se creusait un peu au milieu, mais il était suffisamment haut pour qu'on puisse s'asseoir dessous.

Ceci fait, Élie étendit les couvertures neuves sur le sol. Puis il sortit chercher le sac des repas et revint s'installer.

Gad s'assit près de lui et fit observer qu'à son avis la pluie ne durerait pas. Élie l'approuva et ajouta que c'était la première fois qu'il pleuvait depuis qu'il était dans le cimetière.

Du regard il mesura la surface de leur abri.

– On a la place de s'allonger, dit-il satisfait.

Les gouttes se multipliaient à présent. Elles martelaient la couverture de coups souples et étouffés mais sur le sol, de chaque côté de l'abri, elles étaient plus sonores car la terre était sèche.

Gad s'appuyait contre son sac et regardait dehors.

Élie avait croisé les bras et regardait le toit.

Ils écoutèrent la pluie sans bouger.

Lorsqu'elle commença à tomber dru, Élie se tourna vers Gad et dit :

– On n'a plus à s'en faire.

Chapitre six

La pluie redoubla soudain et, sur la couverture, ce ne fut plus qu'un roulement continu. Élie regardait la couverture onduler sous le poids de l'eau. Il dit assez haut pour couvrir le bruit :

– Tu peux dormir, Gad, je surveille le toit.

Gad secoua la tête ; il se pencha vers Élie et confia d'une voix forte :

– Je me demandais si, à Paris, l'eau arrivait dans tous les appartements. Je veux parler d'un évier avec un robinet.

– Je suppose, Gad.

– Ça n'empêche que, même en ayant un évier, on peut ranger dessous des bidons pleins, histoire d'avoir des réserves pour les cas où on couperait l'eau.

Élie approuva avec vigueur.

– Ça doit faire du bien, reprit Gad, de savoir qu'on a des réserves d'eau, non ?

Élie se laissa emporter :

– Sûr que ça doit être bien, Gad. Un robinet et des réserves en plus, histoire de voir venir. Et on pourrait aussi avoir...

Gad l'interrompit :

– Non, mon vieux ! ne va pas te faire des idées, je ne te parlais pas de nous, ce que j'en disais c'était comme ça, j'imaginais seulement le plaisir d'avoir des bidons sous un évier. J'ai pensé à Paris parce que tu venais de m'en parler, rien de plus.

Il cracha dehors avant d'ajouter sèchement :

– Il n'y a pas qu'à Paris qu'on peut faire des réserves d'eau, non !

Élie ne dit rien.

Gad se pencha de nouveau vers lui pour lui parler, mais l'averse se fit soudain plus violente. Cela dura quelques secondes puis tout finit en hâte. La pluie cessa.

Élie tendit sa main dehors.

– C'est fini, dit-il.

Il rentra la main et regarda la couverture mouillée au-dessus d'eux.

– Gad ! la compote de pommes ? C'était pour une fille, non ?

– Oui.

– Je le savais, dit Élie avec un peu de fierté.

Gad lâcha d'abord ironiquement :

– Tu es épatant.

Puis après un instant :

– Mais une vraie fille, quoi. Pas une vieille, tu comprends. Je pourrais facilement lui entourer la cheville avec une seule main. Quoique mon vieux, si tu préfères les grosses chevilles et tout ce qui s'ensuit...

Élie se mordait la bouche et regardait Gad.

Il s'efforça d'attendre que ses lèvres cessent de trembler pour parler.

Quelques gouttes troublèrent le silence. Gad dit :

– C'est les dernières.

Élie baissa les yeux.

– Il faut que tu trouves un autre bon coin pour dormir, Gad. Tu me veux du mal chaque fois que je te parle. Maintenant ça ne me dit plus qu'on soit tous les deux derrière la verrière. Alors il vaudrait mieux que tu trouves un autre coin pour passer la nuit.

Gad était resté tourné vers le dehors pendant qu'Élie parlait. Il laissa passer ensuite un long moment avant de sortir et de disparaître dans l'obscurité.

Élie l'entendit marcher et se mettre à rire. Puis Gad revint s'accroupir devant l'abri. Il sortit sa petite boîte en fer et se roula une cigarette. Élie évitait de le regarder ; il jouait avec un pli de la couverture entre ses pieds. Gad gratta une allumette et se leva.

– T'es un foutu crétin, s'écria-t-il soudain, et ta foutue verrière c'est comme les…

Il se mit à ricaner et reprit avec force :

– Comme les soleils sur les doigts ! Il n'y a que des cinglés dans ton genre pour voir ça. Et je sais ce que tu vas faire maintenant (il s'interrompit, pris d'un éclat de rire nerveux), tu vas venir et me dire que ça va aller, c'est pas vrai ? Mais t'avise pas d'essayer ou je te fous mon poing sur la gueule.

A cet instant, Gad s'arrêta de marcher. Il reprit haleine et se tourna vers l'abri.

– Tu m'entends ? Mon poing sur la gueule !

Il se précipita sur une des bouteilles qui tendait la couverture et la jeta de toutes ses forces vers la cime d'un cyprès.

– T'es cinglé ! hurla-t-il.

Toute une partie du cimetière s'éclaira brusquement.

Des voix s'élevèrent, puis des halètements rauques et des jappements d'impatience.

Gad se figea. La lumière se mit à tressauter tandis qu'une rafale d'arme automatique déchirait l'air. Les voix s'amplifièrent. Élie appela :

– Gad !

Gad se laissa tomber sous l'abri et la fusillade devint assourdissante. Élie tira sur la couverture ; elle se décrocha des buissons et les recouvrit.

– J'ai entendu les chiens ! gémit-il à l'oreille de Gad.

Ce dernier roula sur le côté et ramena ses jambes.

– On va crever ! fit-il pour lui-même.

Élie se mit à trembler. Il chercha le visage de Gad sous la couverture.

– Ne dis pas ça ! implora-t-il.

Gad le repoussa violemment.

Dehors, les aboiements se mêlaient aux coups de feu, aux bruits de course dans les allées et aux éclats de voix. Cela dura plusieurs minutes.

Puis un ordre fusa et, peu à peu, les détonations s'espacèrent. Bientôt, on n'entendit plus que le halètement des chiens et le martèlement des pas sur les allées.

Élie s'était mis à compter à voix basse :

– Un, deux, trois, quatre…

– Ta gueule ! ordonna Gad.

Élie assourdit encore sa voix et s'entêta à réciter des chiffres :

– Un, deux, trois, quatre, cinq…

Gad le saisit par le col de sa veste.

– Ta gueule ou…

Une détonation très proche l'interrompit. Il se recroquevilla et ses genoux touchèrent ceux de Gad sous la couverture.

On vociféra encore en plusieurs endroits du cimetière. Puis les voix se turent une à une. On n'entendit plus que des ordres de rappel lancés aux chiens. La lumière baissa lentement.

Il y eut encore quelques éclats de voix, un rire lointain et la nuit retomba sur le cimetière.

Élie déplia les jambes. A cet instant seulement il sentit le poids de la couverture mouillée sur eux. L'haleine de Gad sentait le tabac. Il respirait doucement.

Élie chercha jusqu'à quel chiffre il avait compté et reprit le fil muettement pour finir sur un chiffre rond.

Au bout de quelques minutes, Gad bougea un peu.

Il dit à mi-voix :

– Nom de Dieu !

Élie souleva doucement la couverture pour respirer.

A tâtons il chercha sa casquette et s'en coiffa puis laissa tomber la couverture.

L'haleine de Gad remplit tout le vide.

Élie se mit sur le côté ; Gad tapota sur sa petite boîte en fer et siffla quelques notes entre ses dents.

Élie se souleva sur un coude. Il dit simplement :

– Une chance que j'aie pensé à tirer sur le toit, sans ça les chiens nous auraient reniflés.

Gad replia le haut de la couverture et ils se retrouvèrent le visage à l'air libre.

Cela sentait la terre mouillée et la végétation. Gad dit :

– Il ne pleuvra plus.

Il roula sur le dos et, regardant le ciel :

– Faudra voir à en reparler de l'appartement.

Élie se débarrassa d'un fil de la couverture qui le grattait sous le nez et roula sur le dos, comme Gad.

Il dit d'un air détaché :

– Oui, voilà, on en reparlera.

Il s'ensuivit un silence interrompu seulement par des gouttes de pluie qui tombaient des cyprès et d'autres bruits d'eau très confus.

Alors Élie dit avec sincérité :

– Plus je pense aux réserves d'eau sous l'évier, plus je crois que c'est une fameuse idée. Mais je te laisserai t'en occuper. On pourrait aussi se garder un placard pour la nourriture. On le remplirait au fur et à mesure qu'on ferait des économies.

Gad ne dit rien pendant de longues secondes, avant de déclarer avec une solennité feinte :

– Une fois que le placard sera plein, je me planterai devant pendant que toi tu te planteras devant ta verrière pour regarder les toits.

Élie se mit à rire.

– D'accord, mais parfois je te rejoindrai devant le placard.

Gad se redressa sur un coude et ferma les yeux.

– Ne restera plus qu'à se trouver une fille chacun.

Élie ferma aussi les yeux :

– Tu commenceras, toi, Gad, et pour moi nous verrons.

Gad rit sans méchanceté :

– Et pourquoi attendre !

– Je n'en ai jamais eu, fit Élie en manière d'excuse.

– Comme tu veux, dit Gad doucement.

– Tout de même je ne tarderai pas pour avoir une fille.

Gad l'approuva d'un hochement de la tête. Élie se risqua à l'interroger :

– Et celle que tu connais ici, celle de la compote de pommes, tu l'as déjà embrassée ou autre chose ?

– Rien, lâcha Gad avec irritation.

– Tu as déjà essayé ? insista Élie avec intérêt.

– Pas encore. Elle baisse les yeux quand elle me voit. Va savoir si je l'intimide ou quoi. C'est difficile de lui parler. A cause de son père. C'est pour lui que je trafique. C'est un foutu salaud qui veut m'envoyer sur l'Umschlagplatz si je touche à sa fille. Et ça ne lui serait pas difficile vu qu'il est en cheville avec un gendarme allemand. Alors il me dit comme ça : « T'avise pas de toucher à Hélène, t'amuse pas à ça mon gars, où t'aurais tôt fait de dégager. »

Élie laissa passer un moment :

– Mais si tu voulais, tu pourrais trafiquer pour ton compte ?

Gad répondit par un geste qui signifiait qu'il n'y avait rien de plus facile. Puis il dit :

– Mais je ne verrais plus Hélène.

Élie dit avec douceur :

– C'est comme moi, je pourrais trouver un restaurant moins cher que chez Szulc, mais alors je ne pourrais plus parler avec Clara.

Gad plongea la main sous la couverture et sortit sa petite boîte en fer. Il se redressa et, tout en roulant une cigarette, il dit :

– J'ai travaillé dans une ferme avant la guerre. Les champs auraient touché l'Allemagne s'il n'y avait pas eu le fleuve. C'est pour te dire que je les connais ces enfants de salauds. J'en connaissais tout de même qui n'étaient pas mauvais et que j'allais voir à la nage. Ça les amusait de me voir mouillé et ils me payaient à boire. Ce qui fait que l'été, en sortant de l'eau, je me dépêchais de courir jusqu'à chez eux pour que le soleil n'ait pas le temps de me sécher. Bon, ça pour te dire qu'ils ne sont pas tous à balancer dans les Sargasses. Et puis non, comme ils riaient de me voir mouillé, on pourrait aussi bien les balancer tous.

Cette idée le fit sourire et il poursuivit après avoir allumé sa cigarette.

– C'est dans ce temps-là que je me suis mis à regarder les oiseaux. Comme, à la ferme, tous ces enfants de salauds se foutaient pas mal de moi, j'avais pris l'habitude de baisser les yeux. Mais ça nichait dans les buissons, et pour regarder s'envoler les petits, je me suis mis à relever la tête.

A cet instant Gad fit mine de scruter le ciel.

– Tu comprends, j'étais comme ça pour regarder les petits voler, alors, par la même occasion, je les emmerdais tous, ces enfants de salauds.

Gad baissa le regard et resta songeur quelques instants.

– Ils avaient un chien à la ferme ; un bâtard, toujours à l'attache. Ils ne l'aimaient pas, lui non plus, au point qu'ils ne lui avaient pas donné de nom. Ils l'appelaient « le chien ». Il avait les yeux en coin. Je me méfiais de lui au début, j'avais l'impression qu'il me regardait de travers. Et puis ça m'a passé. Pas du jour au lendemain, mais ça m'a passé. Quand je me suis décidé à le caresser, on aurait dit qu'il y avait un bout de temps qu'il s'y préparait, lui. Après ça, on s'est attachés l'un à l'autre. Les matins, je me levais avant tout le monde ; il faisait encore nuit et on allait au fleuve. On descendait d'abord un champ de genêts puis on arrivait sur la berge. Je le faisais courir après des bâtons et on était contents. On rentrait un peu avant que les autres se lèvent. Bon, voilà où je voulais en venir : pour finir, je suis resté à la ferme à cause de lui, et maintenant, si je continue à trafiquer pour l'autre, c'est à cause de sa fille.

Élie ne cessait pas de bouger depuis que Gad avait terminé. Enfin il demanda :

– Et ton chien, Gad, il est resté là-bas ?

Gad jeta sa cigarette et s'allongea. Il dit d'une voix calme :

– A la ferme ils m'ont appelé un jour. « Tu ne peux pas rester là, qu'ils m'ont dit, les Allemands veulent regrouper les juifs, alors nous on n'y peut rien et tu dois t'en aller. » « Je peux rester encore quelques jours ? » j'ai demandé. Ils m'ont dit : « D'accord, mais que quelques jours. » Alors, avec mon chien, on a continué à descendre au fleuve pendant ces jours. D'ordinaire, quand il me ramenait le bâton, je le caressais derrière les oreilles et autour des yeux.

Mais à partir de ce moment, je me suis mis à le féliciter en lui serrant le cou. Il se débattait, mais il a fini par aimer ça. Chaque matin je le serrais un peu plus fort et, le dernier matin, je l'ai serré autant que j'ai pu.

Gad roula sur le côté. Une minute s'écoula. Il dit :

– Il est mort en pensant que je le félicitais.

Il remonta la couverture.

– Je suis fatigué.

Chapitre sept

Elie contemplait le ciel. Il ne restait de l'orage que des nuages transparents, des cirrus qui s'effilochaient. La pointe des cyprès bruissait doucement.

Un oiseau cria quelque part.

La terre était humide ; elle sentait bon ; les buissons se dressaient, brillants au-dessus des couvertures.

Élie tordit le cou pour apercevoir la tombe.

– J'ai dormi loin cette nuit, hein !

Il prit un air étonné.

– Je n'entends jamais Gad quand il s'en va. Il m'a dit qu'il faisait nuit quand il quittait le cimetière.

Élie redressa la tête et roula sur le côté. Il continua à parler à Josef :

– J'ai fait une chose intelligente cette nuit. J'ai fait tomber la couverture sur nous en entendant les chiens. Avant ça, j'ai parlé à Gad de Paris et de la verrière. J'ai eu du mal à le convaincre, mais finalement il viendra. A présent, je sais pourquoi il s'intéresse aux oiseaux, c'est quand il travaillait dans…

Il s'interrompit et murmura :

– Le nid !

Se redressant vivement, il fouilla du regard dans l'entrelacs des buissons.

– Non, le voilà ! dit-il en pointant un doigt sur lui.

Il ajouta rassuré :

– Nous aurions pu l'abîmer en faisant le toit cette nuit.

Il demeura songeur, les yeux posés sur le nid.

– Je repensais à cette nuit, dit-il au bout d'un moment.

Puis il se leva et entreprit de refaire le lit à côté de la tombe. Il commença par étendre la vieille couverture sur le tapis d'herbe et plia ensuite les deux autres qu'il posa sur la stèle.

Ceci fait, il marcha autour de la tombe. Il fit quelques tours en silence avant de dire :

– Je repensais encore à cette nuit.

Une légère rumeur s'éleva derrière lui.

Il s'arrêta et prêta l'oreille.

– Ça vient de l'autre côté, fit-il en haussant les épaules.

Il reprit sa ronde.

– Je réfléchis, Josef, je pense à la verrière. Au lieu de rester planté devant, je marcherai, je ferai les cent pas comme je le fais ici. Mes idées de poèmes viendront mieux. La plupart de ceux que j'ai déjà me sont venus en marchant.

Il secoua la tête et rit doucement.

– Oui, de temps en temps j'irai rejoindre Gad devant le placard. Mais je ne lui demanderai pas de venir devant la verrière. Il viendra s'il en a envie.

A cet instant, le soleil blanchit le ciel avant d'apparaître en entier. Élie regarda dans sa direction, puis il ferma les yeux et ôta sa casquette.

– Mes paupières sont orange, dit-il.

Il fit un tour sur lui-même et annonça :

– Je vais me laver.

Il remit sa casquette et sortit dans l'allée.

Les brassées de feuilles s'amoncelèrent sur la couverture. Après plusieurs voyages, lorsque le tas lui parut conséquent, Élie se déshabilla et s'allongea dessus.

Il se frotta avec vigueur en poussant des grognements, donnant de la voix pour conjurer la fraîcheur mordante des feuilles.

Après quoi, il se redressa, grelottant, et courut autour de la tombe, montrant tour à tour son ventre et son dos au soleil.

Lorsqu'il s'arrêta, le souffle court, il chancela et dut s'asseoir pour reprendre son équilibre.

Il se rhabilla ensuite et cacha les feuilles derrière la tombe. Il dit à Josef :

– Je me laverai chaque matin à présent ; je me sentirai bien et j'aurai bientôt assez de feuilles pour faire un matelas à Gad.

Chapitre huit

La nuit était transparente et tout était silencieux. On voyait le ciel.

Un moteur crachota quelque part.

– C'est ça, mon vieux, vas-y tombe ! murmura Gad.

Il s'était redressé et tendait l'oreille.

Mais l'avion retrouva vite un ronronnement régulier et, lorsqu'il s'évanouit vers l'ouest, Gad cracha en direction du ciel.

– Tu sais, Gad, quand tu entends les avions avoir ces espèces de ratés, ce n'est pas une panne, ce sont les moteurs qui changent de régime.

Gad se pencha vers lui.

– Je n'aime pas les avions.

– Ils sont intéressants si on met la guerre de côté, déclara Élie calmement.

– Chacun son idée, admit Gad.

Élie laissa reposer sa tête directement sur la couverture et croisa les mains sur le ventre.

Un autre avion passa assez loin et Gad murmura pour lui le son de la mitrailleuse.

– Tu n'as pas eu d'ennuis pour les bouteilles de vodka ?

– Je me suis arrangé. J'ai dit qu'elles s'étaient cassées quand j'avais sauté du mur, et que s'il ne me croyait pas, il pouvait toujours aller voir les morceaux.

– C'est bien trouvé, dit Élie.

D'un mouvement de tout le corps, Gad se pencha au-dessus d'Élie et dit avec solennité :

– Ça me va l'idée de Paris, le placard, la verrière et les filles qu'on aura. Chacun fera comme il l'entendra dans l'appartement. On aura toujours de quoi manger en réserve et on se sentira bien.

– Oui, dit Élie doucement.

– On pourra se promener tranquillement parce qu'on saura qu'un placard plein nous attend. Et j'ai pensé aussi que si tu n'y trouvais pas à redire, je pourrais avoir un chien.

– Ça me plairait aussi qu'on ait un chien, dit Élie avec émotion.

Gad respira profondément avant de déclarer :

– Mais il se pourrait bien qu'on n'ait rien de tout ça, il se pourrait bien que rien n'arrive.

Et, ce disant, Gad avait changé de position : il s'était assis sur la tombe et ses pieds reposaient sur la couverture. Élie se redressa et demanda avec inquiétude :

– Pourquoi ça n'arriverait pas, Gad ?

– Si on se contentait d'en parler, si on laissait faire ces enfants de salauds, répondit Gad calmement.

Il sortit un objet de sa poche qu'il contempla un moment avant de dire :

– Viens !

Élie se leva et s'assit près de lui.

Gad lui tendit un revolver.

– C'est un browning. Tiens ! prends-le !

Élie prit l'arme dans une main sans quitter Gad des yeux.

– Comment tu le trouves ?

Élie considéra un instant le revolver dans sa main et fit mine de le soupeser.

Il hésita puis, hochant la tête, il dit :

– Bien.

– Modèle 1922, neuf millimètres à huit coups, débita Gad avec fierté, canon de quatre pouces et demi.

Élie regarda le canon du revolver. Le métal

noir de l'arme brillait et on voyait nettement deux lettres entremêlées, sculptées en haut de la crosse.

Gad demanda :

– Tu es gaucher ?

– Non.

– Eh bien, prends-le dans l'autre main !

Élie prit le browning dans la main droite.

– C'est pas mieux ? Alors, vise maintenant !

Élie ne bougeait pas. Gad lui saisit le poignet, l'obligeant à soulever le bras.

– Tends le bras et vise les arbres !

Élie se tourna vers lui.

– Regarde les arbres, et tire ! ordonna Gad.

Élie secoua la tête.

– Mais, Gad !

– Quoi « mais, Gad » ! Tire ! On pourra pas avoir l'appartement si tu n'appuies pas sur la détente.

Le regard perdu, Élie murmura :

– Je ne peux pas. Et le bruit, Gad, tu ne penses pas au bruit ?

– On entend ça toute la journée, lâcha Gad avec impatience, tire, bon Dieu !

Il saisit la main d'Élie et redressa le browning en direction des cyprès.

– Appuie !

Élie regarda l'arme au bout de son bras, puis de nouveau Gad.

– Tire !

Élie baissa les yeux.

– Je ne peux pas, gémit-il.

Gad lui arracha le revolver des mains et le fourra dans sa poche.

– J'ai compris ! lâcha-t-il avec colère.

Élie se tenait immobile, les yeux rivés sur ses genoux.

Il dit au bout d'un moment :

– C'est la première fois que je tiens un revolver.

Gad restait silencieux. Élie le regarda de côté. Puis, lentement, il releva la tête.

– C'est vrai, Gad.

Gad se leva et dit, en boutonnant sa veste :

– Tu m'emmerdes.

Il s'éloigna et disparut dans l'obscurité des buissons.

Élie guetta ses pas et, lorsqu'ils se turent, il se leva brusquement et rattrapa Gad dans l'allée.

Il se planta devant lui. Sans un mot, Gad sortit le browning, en ôta le cran de sûreté et le lui tendit.

Élie leva le bras et appuya sur la détente ; le chien percuta à vide avec un bruit sec.

Gad reprit le revolver et tapota la poche de son pantalon avec le canon.

– Le chargeur est là, dit-il, il faut économiser les cartouches.

– Mais j'ai tiré, Gad ? demanda Élie inquiet.

– Oui.

– Alors on aura l'appartement, le placard, la verrière, et j'écrirai un poème tous les deux jours.

– Il faudra qu'on apprenne encore à se servir du revolver, ça ne suffit pas de le tenir dans la main.

– On n'oubliera jamais de prendre ton chien quand on ira se promener. Tu lui trouveras un nom puisque ce sera d'abord ton chien. On l'écrira sur son…

– Mais écoute-moi, bon Dieu ! Je n'ai encore qu'un chargeur pour le revolver. Et c'est une douzaine qu'il faudrait.

– D'accord, dit Élie, une douzaine.

Il regarda de droite à gauche, se tourna un peu pour voir l'allée derrière lui et déboutonna sa veste.

– Passe la main sur la doublure, là. Tu sens l'épaisseur ?

Gad s'exécuta.

– Qu'est-ce que c'est ?

– C'est de l'argent, Gad.

– Nom de Dieu !

Gad sortit sa petite boîte en fer et se fit une cigarette pour cacher son trouble. Élie reboutonna sa veste.

Tous deux avaient leur ombre sur l'allée car la lune les éclairait de biais.

Gad frotta une allumette entre les mains et, tout d'un coup, on aurait cru qu'il portait un falot à bout de bras.

Élie dit :

– Mon père m'a donné cet argent et…

Il tourna son regard.

– Voilà ce que nous ferons un soir…

Il s'ensuivit un silence.

Gad demanda sans impatience :

– Oui, quoi ?

– Nous rentrerons d'une promenade avec ton chien. Tu lui donneras à manger et on s'installera tranquillement. Et, à ce moment-là, je t'expliquerai ce que j'ai vu à Lublin et ce qu'ils ont fait à mon père. Après ça je serai calme et on pourra parler d'autre chose, ou on ira se coucher.

– Merde, Élie, c'est sûr qu'on le fera !

– Bon, dit Élie.

Puis il regarda la veste de Gad, à l'endroit où se trouvait le browning.

– Et le revolver ! Il faudra s'en servir ?

– Quoi d'autre !

– C'est-à-dire qu'il faudra tirer sur un soldat ?

Gad acquiesça d'un signe de tête.

Élie se pencha de côté et demanda :

– Et après, Gad, une fois qu'on aura tiré sur un soldat, on nous cherchera !

Gad fit mine de sortir le revolver et tendit le bras en avant comme s'il tirait ; il dit avec un sourire :

– Tu t'imagines qu'on va en descendre un et puis se sauver ? On n'aurait aucune chance.

– Alors comment ? demanda Élie au bout d'un moment. Le revolver, Gad ! Quand est-ce qu'on s'en servira ?

Gad jeta sa cigarette.

– On va attendre. Je vais tâcher de m'en procurer un autre et on s'entraînera à tirer.

– A tirer réellement ?

– Une fois ou deux on mettra une cartouche, dit Gad gravement.

– Et quand on sera bien entraînés, Gad ?

– On attendra encore.

Élie approuva d'un léger mouvement de la tête.

Gad joua un moment avec le gravier de l'allée, en dessinant un carré de la pointe de sa chaussure.

– Écoute ! dit-il avec une certaine tristesse, je n'ai pas encore idée du moment où ça viendra, bon sang j'en sais rien et ça me fait du mal. Mais, mon vieux, quand ce sera l'heure, on aura un revolver chacun et des chargeurs, on fera du vilain, et sûrement qu'on sera pas tout seuls à en faire.

– Alors on va attendre, dit Élie avec douceur.

Chapitre neuf

Elie occupa une partie de la matinée à mettre de l'ordre autour de la tombe : plier les couvertures après les avoir étendues puis époussetées ; reformer le lit d'herbe en prenant soin de l'épaissir au niveau des hanches.

Il s'y appliqua avec une lenteur calculée, refaisant parfois les mêmes gestes afin que tout cela l'occupe un bon moment.

Il fabriqua ensuite, à l'aide de fines branches nouées entre elles, une sorte de petit balai dont il se servit pour frotter sa veste et son pantalon.

Ceci fait il posa le balai contre la metzewah ainsi que le sac des repas et la bouteille d'eau.

En se réveillant, il avait tout d'abord pensé à récolter des feuilles de charme pour se laver. Mais le soleil était déjà haut et toute la rosée s'était évaporée. Il avait alors dit à Josef en manière d'excuse que, s'il s'était levé tard, c'est parce que cette nuit il était resté longtemps à parler avec Gad dans l'allée.

Il occupa le reste de la matinée à observer le nid. Mais il ne vit ni le mâle ni la femelle se poser sur le buisson.

Ensuite il mangea tranquillement.

Il passa l'après-midi allongé sur la couverture, tour à tour somnolant et surveillant le nid.

Le soir, en rentrant de chez Szulc, il rangea les repas et parla brièvement à Josef ; de Clara : elle avait pris le temps de s'asseoir à sa table, mais elle semblait découragée. Ils n'avaient pas beaucoup causé. Elle ne savait pas comment tout ça finirait et elle perdait le sommeil.

– Tu vois, Josef, c'est une chance d'avoir un projet.

Après quoi il ne parla plus à Josef et attendit Gad.

Il passa une heure à se dire ses poèmes et à vérifier si une rime ne s'y était pas glissée par hasard. Il n'en trouva qu'une, et encore, pas une véritable ; un titre rimait avec le premier vers d'un poème ; ça n'avait pas d'importance et il décida de ne rien changer.

Il parla de nouveau à Josef :

– Les poèmes se vendraient mieux si j'écrivais sur du papier de couleur ; un poème par couleur.

Il réfléchit et calcula rapidement :

– Non, c'est difficile. Déjà avec dix-sept je n'en trouverai pas assez. Alors plutôt par thème.

Il dressa une liste des thèmes dont il s'était déjà servi et s'endormit en cherchant une couleur à chacun.

De lointaines détonations le réveillèrent. Il s'accouda et dit avec inquiétude :

– Gad n'est pas encore là.

Il prêta un moment l'oreille aux échos de la fusillade.

Elle provenait d'au-delà du cimetière : vers l'usine Brauer. Il resta encore une minute ou deux accoudé et se recoucha.

Il murmura à Josef :

– Il est en retard. Ou il n'est pas sorti du ghetto cette nuit.

Il roula sur le côté et gratta la pierre de la tombe.

– J'ai quatre thèmes, Josef. Alors il y a bien assez de couleurs. Mais c'est difficile de choisir et…

Il s'interrompit soudain. Gad se pencha vers lui et toucha son épaule. Élie se dressa brusquement et dit soulagé :

– C'est toi, Gad.

Gad s'assit sur la tombe.

Élie ne voulait pas abandonner la chaleur de la

couverture ; il s'adossa à la pierre en la maintenant contre lui.

Gad roula une cigarette et l'alluma. Il fuma en silence.

Élie attendit quelques minutes.

– D'accord Gad, si tu ne dis rien, je ne dis rien. Tu as raison, on peut bien rester sans se parler. Pourvu que chacun sache que l'autre est là, on n'est pas obligé de se parler. Hein, Gad ?

– Alors ta gueule ! dit Gad sans méchanceté.

Élie se mit à rire doucement. Il remonta ses jambes et ajusta les plis de la couverture autour des genoux. Ensuite il articula sans qu'aucun son ne sorte de sa bouche : « J'ai un repas pour toi, Gad ! »

Il laissa passer un moment avant de répéter à voix haute :

– J'ai un repas pour toi, Gad !

Il ajouta avec malice :

– Cette fois, je suis bien obligé de parler, parce qu'il y a une minute je t'ai dit exactement la même chose en pensée, mais ça n'a pas marché.

Gad éclaira l'intérieur de sa main avec la cigarette. Il dit à voix basse :

– Ils ont emmené Hélène. On l'a attendue jusqu'à maintenant.

Il jeta sa cigarette.

– Son père pleure comme un veau. Cet enfant de salaud va en crever.

Élie se leva et s'assit près de Gad. Il dit avec conviction :

– Quand elle reviendra, tu lui diras de venir à Paris avec nous.

Gad sourit douloureusement.

– Hein Gad, tu lui diras !

Gad resta silencieux.

Un avion descendait vers le sud. On ne voyait que ses feux. Élie le suivit du regard. L'avion disparut et Élie contempla le ciel. Sans le quitter des yeux, il demanda avec inquiétude :

– Et pour nous, Gad, notre projet, il n'y a rien de changé, n'est-ce pas ?

Gad s'adossa à la metzewah et se fit une autre cigarette.

Élie se tordit les mains.

– Tu es fâché contre moi parce que je n'ai pas tiré tout de suite avec le revolver ?

– Tu as fini par tirer, répondit Gad avec douceur.

– Alors notre projet, le placard et la verrière, on l'aura ?

Gad se taisait ; il regardait la cigarette entre ses doigts. Il haussa les épaules. Élie lança d'une voix nouée :

– Tu dis qu'on ne l'aura pas ! Tu n'y crois plus, Gad ?

Gad murmura avec sincérité :

– Je ne sais pas.

Élie s'agita sur la tombe ; il se frotta le front en regardant autour de lui.

– Tu dis qu'on ne l'aura pas ! gémit-il.

Gad fit un quart de tour sur lui-même pour se retrouver près de lui. Élie se fit convaincant.

– Gad on gagnera de l'argent avec mes poèmes ! J'irai les vendre, moi, si tu veux ! Tu n'auras qu'à t'occuper de ton chien et remplir le placard !

Gad pencha son regard de côté et réfléchit un instant.

– D'accord on l'aura, lâcha-t-il enfin avec émotion.

Élie se tourna vers lui :

– C'est vrai, Gad ?

Gad confirma, la voix tremblante :

– Merde oui, on va l'avoir.

Et plus fort :

– Monte sur la tombe !

– Hein ? Quoi, Gad ?

Gad se dressa sur la tombe et aida Élie à se lever. Il tendit le doigt en avant et lança avec défi :

– Regarde ! Les voilà ces foutus toits. Tu les vois ?

Élie apercevait vaguement la silhouette des cyprès ; il se taisait.

– Fais un effort ! insista Gad.

Élie hésitait, jetant de brefs regards vers Gad, puis revenant aux cyprès.

Gad lui dit avec patience :

– Ferme les yeux ! Tu les verras.

Élie hocha la tête et finit par dire.

– Je les vois.

Puis, se tournant vers Gad :

– Alors, on l'aura Gad ?

Gad sauta de la tombe et fouilla sous la couverture. Il remonta avec une brassée de feuilles ; il en fit un tas sur la pierre et frotta une allumette. Les feuilles s'embrasèrent.

Les flammes montaient entre eux et les éclairaient.

Élie lâcha avec angoisse :

– Ils vont nous voir !

Gad le fixa à la lueur du feu puis, montrant les cyprès, il lança admiratif :

– Tu avais raison, c'est épatant comme la lumière passe à travers la verrière.

Élie scruta l'obscurité autour d'eux.

Gad pivota sur lui-même :

– Et ce placard ! tu as vu, c'est deux mois que nous tiendrons !

Élie contourna le feu pour rejoindre Gad.

– Alors on l'aura ? fit-il timidement.

Gad pointa son doigt sur les étagères et dressa la

liste de la nourriture. Élie commença à acquiescer à mesure. Au bout d'un moment il l'arrêta :

– Ça je n'aime pas, Gad.

Gad saisit la boîte de sardines et la lança dans les cyprès. Élie se mit à rire et Gad lui dit d'aller chercher des feuilles. Élie descendit de la tombe et revint les bras chargés ; les flammes montèrent.

Gad termina l'inventaire du placard et ils retournèrent devant la verrière.

– Et ton chien ? demanda Élie.

Gad siffla, puis secoua la tête.

– Il ne viendra pas. Il attend devant la porte que nous le sortions. Et nous rentrons juste.

Élie regarda vers la porte.

– Ça n'empêche pas, Gad, nous pourrons bien le sortir encore dans un moment.

Gad fit mine de refuser, puis de s'attendrir, et accepta finalement.

Soudain il s'enflamma :

– Bon sang ! jamais j'aurais cru qu'on vendrait autant de poèmes !

Le visage d'Élie s'anima.

– Je te l'avais dit, déclara-t-il fièrement, et c'est une idée, les couleurs par thème, hein ?

Gad hésita un instant avant d'approuver avec conviction :

– Épatant ! les verts, les rouges, merde Élie, les rouges surtout qui sont les meilleurs !

Il sauta de la tombe pour reprendre des feuilles.

Au moment de remonter, il se tourna vers l'allée et se figea. Élie s'inquiéta :

– Qu'est-ce que c'est, Gad ?

Gad secoua la tête ; il grimpa sur la tombe et ranima le feu.

– J'en ai vendu à deux filles aujourd'hui, annonça-t-il victorieux.

– Quelle couleur ? demanda Élie.

– Des rouges justement.

Élie approuva leur choix d'un signe de tête. Gad se pencha vers lui et lui glissa sur le ton de la confidence :

– La plus jolie veut te connaître. Je leur ai dit où nous habitions.

– C'est vrai, Gad ?

– Faudra que tu sois à la hauteur. Moi je m'occuperai de l'autre, mais bon sang, ce qu'elle peut être maigre !

De nouveau Élie se mit à rire.

– Mais si tu veux, Gad, tu prendras la plus jolie.

Gad leva les yeux.

– J'aimerais bien, mais c'est toi qu'elle veut voir. Tu comprends, les écrivains…

Élie fit quelques pas sur la tombe les épaules hautes.

– Fais pas le malin, lança Gad, on verra tout à l'heure si tu es à la hauteur.

– D'accord, Gad, dit Élie avec assurance, on verra…

Il s'arrêta de marcher et tendit l'oreille. Puis, se tournant vers Gad, il murmura, la voix nouée :

– Je crois que j'ai entendu quel…

Gad le coupa :

– Montre-moi comment tu vas t'y prendre avec la fille !

Élie fixait Gad avec intensité et tendait une main vers l'allée. Gad dit d'une voix forte :

– Les filles, sûrement !

Élie s'accroupit brusquement sur la tombe et marmonna, misérable :

– Oh ! non, tais-toi, Gad !

Gad se mit à trembler.

– Ta gueule Élie ! Ce sont les filles, je vais aller ouvrir.

Il saisit Élie et le força à se relever.

– Tiens-toi, bon sang ! tu vas avoir la plus belle !

– C'est pas vrai, gémit Élie.

Il agrippa la manche de Gad. Gad se dégagea et cria presque :

– La plus belle je te dis, et moi je vais me taper la maigre.

Il prit le visage d'Élie entre ses mains et cria :

– Elles sont là, je vais ouvrir, merde Élie, la plus belle !

Élie hurla :

– C'est pas vrai, Gad !

Gad sauta de la tombe.

Une rafale d'arme automatique déchira l'air.

Le vent se leva brusquement. Sur la tombe, les flammes montrèrent le nord et la pointe des cyprès.

Des ombres se glissèrent dans le passage entre les buissons.

Deux coups de feu claquèrent et de nouveau ce fut la nuit.

HUBERT MINGARELLI

L'AUTEUR

Hubert Mingarelli est né en 1956 en Lorraine. A dix-sept ans, il s'engage dans la marine puis, rendu à la vie civile trois ans plus tard, voyage à son gré à travers le monde. Il exerce ensuite de nombreux métiers avant de se consacrer à l'écriture. Il collabore à diverses publications pour la jeunesse, a publié un recueil de poèmes et de nombreux romans pour la jeunesse et pour les adultes. Un autre titre d'Hubert Mingarelli, *Le Bruit du vent*, est également disponible aux éditions Gallimard Jeunesse.

Loi n°49-956 du 16 juillet 1949
sur les publications destinées à la jeunesse
ISBN 2-07-053675-0
Numéro d'édition : 13670
Numéro d'impression : 60182
Dépôt légal : septembre 2002
Imprimé en France sur les presses
de la Société Nouvelle Firmin-Didot